가족입니까

가족입니까

초판 1쇄 발행 | 2020년 7월 30일
28쇄 발행 | 2024년 1월 5일
지은이 | 김해원 김혜연 임어진 임태희
만든이 | 최문정 이창섭 김민영 박미란 남경미
펴낸이 | 최윤정
펴낸곳 | 바람의 아이들
등록 | 2003년 7월 11일(제312-2003-38호)
주소 | 03035 서울시 종로구 필운대로 116 신우빌딩 5층
전화 | (02)3142-0495   팩스 | (02)3142-0494
이메일 | barambooks@daum.net

ⓒ2010, 김해원 김혜연 임어진 임태희
ISBN 978-89-94475-09-7 44800
ISBN 978-89-90878-04-5 (세트)

가족입니까

김해원·김혜연·임어진·임태희 지음

바람의아이들

모색과 시도

- 여섯 번째 바람 단편집을 엮어내면서

바람단편집이란 이름으로 앤솔로지를 내기 시작한 지 삼 년째, 그 여섯 번째 책을 엮어 낸다. 『가족입니까』는 '바람단편집6' 이란 부제를 달고 있지만 단편이라고 하기 어렵다. 애초에, 특유의 맛도 있지만 한계도 있는 단편이라는 형식에서 조금 자유로워져 보자는 생각을 가지고 시작했다. 바야흐로 청소년 소설의 붐이 일고 있지만 여전히 청소년 소설은 소설가나 동화작가나 똑같이 쓰기 어려워한다. 그것은 역시 이미 어른인 작가들과는 다른 시대 사회적인 환경 속에서 어른이 되어 가는 과정에 있는 어린 존재들의 자의식을 포착하는 일이 만만하지 않기 때문일 것이다. 우리는 일단 단편의 제약에서 벗어나기로 했다. 네 사람의 작가가 100매에서 150매 정도의 분량을 맡아서 각각 독립적이기도 하고, 서로 연결되기도 하는 독특한 형식의 작품집을 만들어 보기로 했다. 그 속에서 청소년을 발견하기를 희망했다. 하나의 문제를 네 사람이 어떻게 함께 풀어 나갈 것인가. 자칫 혼란스러워지기 쉬운 방식이었다. 그래서 택한 것이 한 작가가 한 인물씩 맡아서 네 사람을 주요인물로 등장시키는 것이다.

테마는 가족. '가족'이라는 편집자의 제안을 신통하게 생각하는 작가는 아무도 없었다. 그럴 만하지 않은가. 동화든 청소년 소설이든 가족에 대해서 말하지 않는 작품이 있을까. 지나간 시대에는 전통적 의미의 단란한 가정이 주제였고 지금 시대는 가족의 다양성이 단골 주제다. 이혼, 재혼, 한 부모, 다문화 등등 점점 늘어나는 새로운 형태의 가족이 골고루 동화 속에 등장하고 있다. 어찌되었든, 가족이 중요하다는 데에는 이견이 없다. 그러나 아무리 생각해도 아이들과(그것도 연령에 따라서 다르다) 어른들에게 가족이 같은 것일 리가 없다. 가정을 지키려고 노력하는 것은 어른 쪽이고 아이들은 커 갈수록 가정의 울타리를 거추장스러워하고 벗어나고 싶어 한다. 당연하지 않은가. 그렇다면 이렇게 동상이몽의 어른과 아이는 도대체 어떻게들 동거하고 있는 것일까?

접시 물 속의 태풍이라고 하던가, 조용하고 평범해 보이는 모든 가정 속에는 폭풍의 인자가 도사리고 있다고 나는 생각한다. 문제는 그 구성원들이 어떻게, 때로는 소통하고 때로는 비껴가면서 고요한 접시 물의 겉모습을 연출하는가에 있다. 아이를 키워 본 사람들은 안다. 세상에 아이 키우는 것보다 힘든 일이 없다는 것을. 그뿐 아니다. 한국의 특수한 상황에서 자란 우리들은 어려서는 효도 이데올로기에 억압당했고 정작 부모가 되어서는 아동인권에 눈뜨면서 배운 적 없는 방식으로 아이들을 가르쳐야 한다. 어른들은 헷갈리고 아이들은 날이 갈수록 자기중심적이 되어 간다. 우리가 힘든 것쯤은 문제가 아닌지도 모른다. 그러나 과연 이게 옳은 것인지 의심스러워질 때가 많다. 공공장소에서 천방지축으로 뛰노는 아이들에게 시민정신을 가르치지 않는 부모들에 대한 개탄의 목소리는 높아지고 있지만 그보다 큰 아이들의 상대방 존중 결여 현상에 대해서는 아직 별말이 없다. 하긴 입시가 삶의 거의 전부인 기나긴 학생시대를 살아내고 있는 대한민국의 가엾은 아이들에게 무슨 말을 할 수 있을지 모르겠다. 입시공부 말고도 해야 할 공부가 아이들에게는 정말 많고 공부를 통해서 인간은 성숙해진다는 것을 아이들이 느끼도록 해주는 것은 청소년 문학의 임무 중 하나일 것이다.

'가족'이라는 진부한 테마에 대해서도 마찬가지다. 네 사람의 작가들이 청소년인 아들과 딸 그리고 엄마와 아버지라는 어른의 목소리로 이야기를 서술해 나가기로 한 것은 그런 뜻도 있다. 과연 청소년 독자들이 엄마 아버지라는 어른의 삶에 관심이 있을 것인가에 대한 논의가 있었지만 아이들은 적어도 자신들과 일상을 일정부분 공유하고 있는 부모나 교사라는 어른에 대해서 알 필요가 있다고, 자기들에 대해서 어른들이 어떤 속생각을 하는지 궁금해해야 한다고 우리는 생각한다. 이 부분이 특히 어려웠다. 어른의 내면을 그리면서 어떻게 일반 소설이 아니라 청소년 소설을 쓸 것인가. 우리에게는 다행히, 최신형 핸드폰 광고라는 네 편의 작품을 꿰뚫는 콘셉트가 있었고 그 광고에 출연하는 아이들과의 작품 내 교류를 통해서 중심을 다잡을 수 있었다. 그럼에도 불구하고 한 작가가 만들어 낸 인물이 다른 작가의 작품 속에 출연하면서 흔들리지 않도록 하는 일은 세심한 주의가 필요했다. 원고를 돌려서 읽으면서 각자 자기 인물의 그럼직하지 않은 부분에 대해서 개입하고 수정하기를 거듭했다. 또한 작품을 어떤 순서로 배열하는 것이 가장 효율적인가에 대해서도 논의했다. 그 결과…… 한 사람이 써낸 이야기와는 전혀 맛이 다른 네 사람이 짜 맞춘 한 편의 드라마가 완성되었다. 광고에 참여하는 두 사람의 어른과 두 사람의 아이 각각의 가정을 들여다보는 다채로운 이야기는 가족에 대한 성찰을 보다 진솔하고 입체적으로 만들어 주었다.

이 작업은 물론 쉽지 않았다. 2009년 2월 23일에 첫 모임을 가지고 2010년 5월 31일에 마지막 원고가 나오기까지 수정과 조율을 거듭해야 했고, 안될 것만 같은 불안에 시달려야 했으며 공동 작업이라는 부담 때문에 아무도 정서적으로도 자유롭지 않았다. 그러나 뒤집어 보면 이러한 압박과 제약이 결국은 이 작품을 '완성'으로 끌어 준 공신이 아닌가 한다. 작가의 열망과 땀방울이 배어 있지 않은 책이 어디 있으랴마는 이 책은 각별하다. 모두가 참 수고한 책이다.

바람의아이들은 올여름 일곱 살이 된다. 한 번도 불황이 아니라는 얘기를 들어 본 적이 없는 출판가에서, 점차 몸집이 비대해지고 마케팅이 화려해지는 거대 자본들 사이에서, 과연 살아남을 수 있을지 알 수 없는 상태에서 지나온 세월들이다. 바람의아이들을 작지만 존재감 있는 출판사로 만들어 준 것은 변함없이 곁을 지켜 주는 든든한 소수 독자들이다. 그들에 힘입어 우리는 언제나 새로운 아이디어를 찾아나서는 일을 두려워하지 않는다. 처음 시작할 때 책을 100권만 만들면 살아남을 수 있다는 속설에 기대어 열심히 달려왔다. 이제 바람의아이들의 존재 근거를 다져 주는 바람단편집으로 100번째 책을 기념하게 되어서 참 기쁘다. 100이라는 동그랗고 충만해 보이는 숫자를 앞에 놓고 초심을 되새기며 독자 여러분의 기대와 성원에 보답하는 책을 한 권 한 권 정성껏 만들어 갈 일이다.

2010년 9월
바람의아이들 대표 최윤정

자라는 건
나무토막이 아니다
-김해원

"가족이 뭐라고 생각해?"

쌈박기획의 안지나 팀장은 대뜸 이렇게 물었다. 철수세미를 머리에 얹어 놓은 것 같은 팀장은 엄마가 내민 파일을 제 앞으로 끌어당기면서 다시 물었다.

"공예린. 이름 어렵네……. 예린 학생한테 가족은 뭐야?"

뜬금없이 가족이라니? 이런 질문은 연기학원에서 준 오디션 예상 질문지에 없다. 연기학원 학생들 사이에서 은밀하게 도는 '오디션 합격 대박 족보'에도 이런 질문에 적당한 해답 따위는 없다. 나는 살짝 웃는 것처럼 보이도록 양쪽으로 끌어올린 입꼬리를 유지하면서 철수세미의 미간을 쳐다봤다.

면접관이 질문을 던지면 면접관의 눈을 바라봐야 해요. 너무 뚫어지게 바라보면 부담 백배! 면접관의 눈을 보면서 또박또박 대답하고 이마나 미간 쪽을 봐야 해요.

'오디션 합격 대박 족보'에 그렇게 적혀 있다. 나는 철수세미의 눈으로 시선을 옮겼다. 그런데 무슨 말을 또박또박 해야 하는 거지? 난감했다. 가족이 가죽일 리 없고, 가방일 리 없고, 다른 것일 수 없는데 철수세미는 대답을 재촉하듯 볼펜 머리로 탁자를 쳐 댔다.

톡. 톡. 톡. 톡. 가족은 톡. 그러니까 가족은 톡톡. 제 생각에 가족은 톡톡톡.

"어머, 패밀리! 패밀리는 울타리죠. 힘든 세상에서 패밀리라는 울타리만큼 든든한 게 있나요?"

스카프로 목을 둘둘 말고 있는 엄마가 목을 쭉 빼고 활짝 웃으면서 내 발을 꾸욱 눌렀다. 나는 입꼬리를 올린 채 고개를 끄덕이면서 엄마 말을 되풀이했다.

"네, 울타리."

밝은 표정과 미소를 잃지 말고, 어떤 질문에도 자신 있게 대답해요······. 엄마한테 얹혀 가도 당당해야 해요. 이런 제길!

철수세미는 볼펜 쳐 대기를 그만두고 아무 말 없이 나와 엄마를 번갈아 보더니 내 프로필 파일로 눈을 돌렸다.

"광고 작업을 꽤 많이 했네요? 국정홍보 광고도 찍었고……. 지금은 연기 공부를 하고 있나요?"

철수세미 말이 떨어지기가 무섭게 엄마 혀가 용수철처럼 튀어나와 말을 쏟아 냈다. 이 질문은 우리 엄마가 예상한 문제지 맨 첫 장에 적혀 있을 것이다. 하긴 어떤 질문에도 엄마의 첫 대답은 똑같다.

하늘에서 내린 예쁜 아이, 예린은 불과 세 살 때 동네 마트에서 분유회사 홍보실 직원에게 스카우트되어 분유 광고를 찍으면서 광고 모델로 데뷔, 그로부터 십여 년간 국내 굴지의 유아복 전문 회사와 식품회사, 제약사, 건설회사, 통신회사를 종횡무진 아동 모델로 이름을 드높이고, 서울리틀모델선발대회, 아역모델선발대회, ○○백화점 미소천사선발대회에서 상위권에 입상하여 뛰어난 미모를 만방에 떨쳤으며, 성실한 마음과 튼튼한 몸으로 소질을 계발해 여러 악기를 자유자재로 다루고, 창조의 힘과 개척의 정신으로 밸리댄스에 도전해 국내 대회를 휩쓰는 등 예능계에서도 이름을 드높였다. 이에 만족하지 않고 연기학원에서 타고난 끼를 갈고 닦아 최고의 연기자로 우뚝 설 그날을 기다리고 있다. 아울러 지금 맡은바 임무를 성실하게 완수할 것이다!

 늘 그렇지만 엄마의 대답은 지나치게 길었다. 팀장 대신 팀장 앞에 놓여 있던 휴대전화가 부르르 진저리를 쳤다. 팀장은 휴대전화를 열어 문자를 확인하고는 엄마가 최근 섭외 들어온, 아니 들어왔던 드라마 설명을 하려는 순간 "잠시만요." 하면서 의자를 박차고 일어났다.

 엄마는 당황했다. 연기학원 원장은 이미 구두 계약이 끝난 일이니 쌈박기획에 가서 얼굴 도장 찍고, 계약서에 사인만 하면 된다고 했지만, 다 된 일도 단박에 엎어져 없었던 일이 될 수 있었다. 광고 쪽 일이라는 게 원래 그렇다. 소금은 찍어 먹어 봐야 맛을 알고, 광고는 찍고 방송을 타야 아는 거라던 엄마는 회의실 문밖으로 머리를 내밀고 서 있는 팀장의 등을 뚫어지게 보면서 팔꿈치로 내 옆구리를 쿡 찔렀다.

 "예린, 허리 곧게 펴."

 내가 '예린아'가 아니라 '예린'일 때 엄마는 엄마가 아니라 연기자 지망생의 매니저다. 영화든 드라마든 오디션만 봤다 하면 낙방하는, 광고 하나 따내려고 온갖 지인을 동원해 물량 공세를 퍼부어야 하는, 도무지 연기자로 대성할 기미를 찾을 수 없는 연기자 지망생의 매니저는 혼자 애가 달아 팀장에게서 눈을 떼지 못했다.

"어, 철수 씨, 미안한데 내 책상 위에 있는 콘티 좀 갖다 줘."

매니저는 팀장의 목소리가 회의실 안으로 뛰어들자 반가운 손님이라도 마주한 듯 환하게 웃으면서 팔꿈치로 내 옆구리를 지그시 눌렀다.

"예린아, 된 거야. 거봐. 엄마가 될 거라고 그랬지."

그랬다. 쌈박기획 매체팀 부장하고 친구라는 연기학원 원장도, 연기학원 원장하고 같은 교회에 다닌다는 엄마 친구도, 성경 공부하러 갈 때마다 투덜거리면서도 세례를 받은 엄마도 이번 광고는 다 된 거라고 했다.

"응. 그래, 우리 예린이 마두 광고 오디션 통과했어. 아니, 말뚝이 아니고 마두……. 그래. 핸드폰 회사……. 그러니까, 경쟁이 보통 치열한 게 아니지……. 그럼! 광고로 떠서 대스타가 된 연예인이 한둘이니. 광고는 피드백이 빠르잖아. 이번 광고 컨셉이 아주 좋아……. 그럼, 그럼! 마두테크놀로지가 보통 회사니? 그렇지. 쌈박기획, 아니 쌈박에이전시도 알아주는 에이전시잖아, 회사가 꽤 크더라고……. 그럼, 그럼. 마두테크놀로지 회사가 클라이언트인데. 클라이언트? 얘는 참, 광고주 말이야. 응. 그렇지. 쌈박에이전시 사람들도 우리 예린이 스타 감이라고. 그래……."

그래, 그럴 수도 있다. 한 손으로는 운전대를 잡고 다른 한 손으로는 휴대전화를 들고 사방팔방에 '공예린이 마두테크놀로지 광고 주인공을 맡았다!' 라는 것을 알리느라 부산스런 엄마 말대로 나도 광고 한 방에 스타가 되어서 여기저기 오락방송에 나와 우스갯소리에 낄낄거리다가 연애에 목맨 남녀를 내세운 드라마에서 주인공 여자 친구 역할을 맡아 온갖 푼수 짓으로 호감을 얻어서 배신과 복수로 얽힌 본격 연애 드라마 주인공으로 발탁될 수도 있다.

엄마는 장밋빛 미래를 꿈꾸며 얼굴빛마저 발그레해졌다. 나도 엄마처럼 낙관적이 되고 싶지만, 그러기에는 나는 나를 너무 잘 안다. 아니, 엄마 말고 모든 사람이 나를 지나치게 잘 안다. 얼마 전 일일드라마 오디션을 봤을 때 감독은 이렇게 말했다.

"배우는 길거리에 서 있는 나무 역할을 한다고 해도 그 감정을 표현할 수 있어야 해. 그런데 너는 그냥 나무토막 같아. 더 배우고 와야겠다."

감독은 오디션에서 또 물먹은 아이를 위로한답시고 배우는 평생 배워야 해서 배우인 거라는 말을 덧붙였지만, 나에게는 위로가 되지 않았다. 처음 오디션을 본 영화감독이 나를 뻣뻣하다고 했는데, 십 년 동안 연기를 배우고 나서 고작 나무토막이 되어 버린 거다.

나무토막이 광고를 잘 해낼 수 있을까? 나는 팀장이 준 콘티를 훑어보았다. 고구마를 쪄 놓고 딸을 기다리며 문자를 보내는 엄마의 마음을 읽는 착한 딸, 밤새 트럭을 모느라 지친 아빠한테 따뜻한 문자를 보내는 사랑스러운 딸. 공부하느라 지친 동생에게 익살스런 동영상과 노래를 보내 주는 다정한 누나. 콘티 그림을 뚫어지게 보았다. 이걸 잘 해낼 수 있을까?

"우리 예린이 스타로 만들어 줄 광고 좀 볼까."

엄마는 빨간 신호등이 켜지자 휴대전화를 내려놓고 내 손에 있던 콘티를 휙 낚아채 갔다.

"삭막한 현대 사회에서 패밀리의 소중함을 어필한다! 요즘 같을 때 딱 맞는 컨셉이잖니? 여기에 착하고 러블리한 딸 역할이라면 원더풀이지. 안 그래? 예린, 자신 있지?"

"네."

"왜 이렇게 기운이 없어. 예린, 정신 바짝 차려. 이건 우리한테 절호의 찬스야. 이 광고만 뜨면 스타 되는 건 시간 문제야. 광고 찍고 스타게이트기획사 쪽도 컨텍하자. 광고에 무비 한 편까지 하면 퍼펙트한데. 예린, 내일 무비 오디션도 자신 있지?"

"……네. 그런데요, 엄마…… 미혼모 역할이 좀……. 실사 데모라서 힘들 것 같아요."

"노 프로블럼! 비중은 작아도 아주 강렬한 캐릭터야. 이런 캐릭터는 잘만 하면 주인공보다도 더 주목받을 수 있어. 그리고 실사 데모니까 더 좋지. 대본 연습만 열심히 하면 되잖아. 예린, 이번에는 꼭 패스해야 해. 영어 과외 끝나는 대로 대사 연습 점검하자. 그리고 내일 오디션 끝나면 바로 광고 캐릭터 분석해서 연습하고 알았지, 예린?"

"······네."

"우리 예린이는 아무 걱정하지 말고 엄마가 하라는 대로 하면 돼? 알았지? 우리 예린이 영어 들어야지."

엄마는 영어학습지 시디를 찾아 시디플레이어에 집어넣고 재생 버튼을 누르고 나서 소리 크기를 조절했다. 나는 운전대를 잡은 채 한 손으로 능숙하게 뭐든 해내는 엄마를 곁눈질로 쳐다봤다. 엄마라면 가출해서 도시 뒷골목을 떠돌다 비참한 최후를 맞이하는 가출 소녀 역할도 척척 해낼지 모른다. 체중만 불지 않았어도, 외할아버지가 고지식한 분만 아니었어도 영화배우가 되었을 게 분명하다는 엄마는 나보다 잘 해냈을 것이다. 미혼모 역할도, 착한 딸 역할도.

"예린, 큰 소리로 따라 해야지. 에브리원 윈츠 해브 나이스 드림스. 예린, 어서!"

나는 영어로 유창하게 떠드는 남자의 목소리에 정신을 집중하려 했지만, 내 귀에는 파도에 자갈 구르는 소리로만 들렸다. 가출 소녀라니, 불러 오르는 배를 외투 속에 감추고 도시 뒷골목을 배회하는 여학생이라니.

"꿈을 가지라고요? 그런 거 파는 데 알면 잘난 아저씨나 사 가져요. 나는 그딴 거 필요 없으니까."

나는 영화 오디션 대사를 입속으로 중얼거렸다. 연기학원 선생님은 궁지에 몰려 자포자기한 심정으로 뭔가 잘근잘근 씹어 먹듯 말을 내뱉어야 한다고 했지만, 도무지 나는 씹을 수도 삼킬 수도 없었다. 대사는 큰 생선가시처럼 기도를 막고 숨통을 조여 왔다. 영화 오디션을 잘할 수 있을까? 광고 촬영은 무사히 끝낼 수 있을까?

엄마는 영어 과외 끝나고 집으로 올 때부터 내내 오디션 연습을 시켰다. 조금 전까지 영어 단어 오십 개를 달달 외우고, 영어 독해 시험을 보고 와서는 어두운 거리 한구석에서 쭈그리고 앉아 침을 퉤퉤 뱉는 불량한 여학생이 된다는 건 정말 너무 어려웠다. 엄마가 아무리 다그쳐도 나는 불량해지지 않았다. 아니, 한순간 나도 불량해졌다. 학원에 다녀온 한울이가 내 방문을 살짝 열고 불량해지려고 애쓰는 나를 물끄러미 보았을 때, 나는 불량하게 소리쳤다.

"뭘 봐!"

"아니, 나 왔다고."

한울이는 음침한 뒷골목에서 불량한 형들한테 돈을 뜯기는 아이처럼 기어 들어가는 목소리로 말했다.
"그래, 냉장고에서 뭐 꺼내 먹고 씻고 자라!"
엄마는 한울이를 감싸는 대신 얼른 떼어놓았다. 나나 엄마나 한울이에게 불량했다. 아니, 아빠에게도 불량했다.
"한 시가 넘었어. 둘 다 그만하고 자야 하는 거 아냐?"
퇴근한 아빠가 살그머니 내 방문을 열고 들여다보자 엄마는 버럭 소리를 질렀다.
"우리 신경 쓰지 말고 당신이나 씻고 자! 그리고 당신 화장실에서 담배 좀 피우지 마!"
"알았어. 그럼 나 먼저 잔다."
아빠가 나한테 한쪽 눈을 찡긋했지만, 나는 고개를 돌렸다. 불량한 여학생 연기가 안 될수록 나는 가족들한테 불량해졌다.
곧 거실에서 텔레비전 켜는 소리가 들렸다. 온종일 가게에 앉아 텔레비전을 판 아빠가 집에 와서 할 일이라고는 텔레비전에 정신을 팔고 앉아 있는 일밖에 없다.
"아니, 뭐 하는 거야? 여보! 소리 좀 줄여!"
엄마는 거실 쪽으로 소리를 버럭 지르고 다시 나를 재촉했다.
"예린, 심호흡 좀 해. 가슴 쫙 펴고, 그래. 그리고 숨을 깊이 들이마시고. 다시 내쉬고. 그래, 다시!"
나는 눈을 감은 채 가슴을 쫙 펴고 천천히 숨을 들이마신다. 그러면 가슴속으로 엄마의 목소리도, 텔레비전 소리도, 아빠의 헛기침 소리도, 불빛도 빨려 들어온다. 나는 아주 천천히 다시 숨을 내쉰다. 빨려 들어온 것들이 내뱉어지지 않도록 조심스럽게. 그리고 다시 급하게 숨을 들이마시는데 턱 목에 걸리고 만다. 그래, 나무가 아닌 나무토막은 호흡하지 못하는구나.

"삼십칠 번 공예린! 긴장 풀고, 심호흡 한번 하고 다시 시작하세요!"

심사위원의 목소리가 들렸지만, 숨이 꽉 막혀 심호흡 할 수가 없었다. 조급하게 피를 퍼 나르던 심장이 순간 뚝 멈춰 버린 것 같았다. 나는 입을 살짝 벌려 숨을 들이마셨다. 조명 뒤에 있는 심사위원들의 모습은 검은 형체만 보일 뿐이지만, 그들은 새파랗게 질려 있는 내 얼굴이 훤히 보일 터였다.

"공예린! 시작해 봐!"

또 다른 목소리가 재촉한다. 더 꾸물거렸다가는 "다음!"이라는 퇴장 통보를 받을 게 뻔하다. 나는 죽을힘을 다해 입을 뗐다.

"꿈을 가지라고요……. 그런 거 파는 데 알면 잘난 아저씨나 사 가져요. 나는 그딴 거 필요 없으니까."

무사히, 오늘도 무사히 나는 대사를 틀리지 않고 말했다. 그런데 틀려 버렸다.

"그만! 다음!"

어떤 감정도 실리지 않은 목소리다. 왼쪽에서 두 번째 앉은 사람인가? 양손을 깍지 껴서 뒷머리에 댄 사람? 아니면 오른쪽에서 첫 번째 앉은 사람? 물컵을 들고 마시려는 사람? 아니, 네 사람 모두 나를 조롱하고 있을 것이다. 나무토막이 그렇지 뭐. 뜨거운 조명이 내 얼굴로 쏟아졌다. 나는 화끈거리는 얼굴을 감추려고 얼른 고개를 숙인 채 도망치듯 그 자리를 빠져나왔다.

제 차례를 기다리고 있던 내 또래 아이들이 나를 흘낏 보고는 다시 손에 든 대본으로 눈을 옮겨 대사를 외웠다. 기도문을 외우듯 중얼거리는 소리.

"심사위원 눈에 콩깍지가 씌어서 제가 가장 예뻐 보이도록 하시고, 대사를 틀리더라도 심사위원이 알아채지 못하게 하시며, 어색한 동작을 할 때는 심사위원이 모두 딴청을 하게 하시옵소서. 다른 참가자들은 모조리 실수하라고 빌더라도 용서하시고, 아무 죄 없는 참가자들을 저주하지 않도록 제발 제가 오디션에 붙도록 하소서. 그것이 저를 악에서 구하는 길이옵니다."

백 명이 넘는 아이들이 모두 간절하게 기도한다 해도 딱 한 아이만 하나님이 선택할 것이다. 나무토막은 일찌감치 제외될 것이다. 나는 알지만, 엄마는 알 리 없다. 엄마는 자신이 열 달 동안 배 속에 품었던 생명이 세상에 나와 나무토막이 될 줄은 몰랐을 테니까.

　엄마는 오디션 발표가 나기 전까지 기대에 부풀어 있었다. 그 기간 동안 우리 가정은 평화로웠다. 가족끼리 사소한 다툼과 갈등도 벌어지지 않는 시기. 평화협정이 아니라 일시적인 정지를 의미하는 정전협정일 뿐이었지만, 우리 가족은 의심 없이 평화를 받아들였다. 엄마는 한울이가 학원에 다녀올 때면 간식을 차려 놓았으며, 한울이는 엄마 뒤꽁무니를 따라다니면서 조잘조잘 얘기를 늘어놓았다. 또 엄마는 아빠의 퇴근 시간을 챙겼고, 아빠는 가게가 잘 안 돼서 큰일이라는 하소연을 하기도 했다. 그리고 우리 네 식구가 함께 나가 밥을 사 먹기도 했다. 나는 얼마 전까지만 해도 이 평화로운 시간을 마음껏 즐겼다. 체중 조절 신경 쓰지 않고 실컷 먹었으며, 학원에 안 가는 일요일에는 친구들을 만나 온종일 놀기도 했다. 그때는 나도 엄마처럼 오디션에 합격할 거라고 기대했기에 가능했다. 그렇지만 이제는 아니다. 오디션에서 떨어질 걸 뻔히 알면서 태연할 수 없었다. 나는 휴전선 앞에 선 병사처럼 잔뜩 날카로워져서 사소한 일에도 칼끝을 세웠다. 나중에 영화 촬영장에 꼭 데려가 달라는 한울이 말에 눈을 흘겼고, 이제 예린이 덕 좀 보겠다며 웃는 아빠 말을 뚝 자르고 일어서 내 방으로 들어와 버렸다. 도저히 참을 수가 없었다. 이 가장된 평화를. 가장된 평화를 즐기는 가족을.

닷새 뒤 오디션 합격자 발표가 났을 때 도리어 나는 평화로울 수 있었다. 연기학원 원장 전화를 받은 엄마 얼굴이 보기 흉하게 일그러지는 것을 보고서야 나는 가슴을 찍어 누르고 있던 무거운 돌덩이를 내려놓은 기분이었다.
 엄마는 딸의 불합격 통보가 익숙해질 만도 한데, 그러지 않았다. 쩍 벌어진 엄마의 검은 입속에서 깊은 절망이 튀어나왔다. 엄마의 절망은 나와 같은 연기학원 다니는 중학생 아이가 뽑혔다는 것을 안 뒤 절규로 바뀌었다.
 "세상에, 말도 안 돼! 어떻게 그 애가. 우리 예린이를 제치고."
 엄마는 전화를 끊고도 한참이나 전화기를 노려봤다. 엄마를 뒤흔든 것이 오디션 결과가 아니라 전화기인 양.
 "오진아라면 그 빼빼 마르고 못생긴 애 아냐? 아니, 어떻게 그런 애를 뽑아……. 예린, 너도 오진아 알지?"
 한참 굳어 있던 엄마 입이 거북살스럽게 움직였다. 깊게 파인 팔자 주름이 선명하게 드러났다. 엄마는 신음처럼 한숨을 토해 내며 나를 쳐다봤다.
 "오진아 아느냐고?"
 엉거주춤 서 있던 나는 아랫입술을 깨물며 고개를 끄덕였다.
 "오진아인지 오징어인지 걔가 됐단다. 내 참, 그 아인 연기 공부한 지 일 년도 안 되었다는데…….”

너보다 어린 애는 연기 공부한 지 일 년도 채 되지 않아 단번에 오디션을 통과하는데, 연기학원을 십 년 동안이나 다니고서도 오디션을 볼 때마다 미끄러지는 너는 뭐냐? 엄마가 삼킨 말을 엄마의 눈빛이 그대로 쏴붙였다. 나는 대꾸할 말이 없어 고개를 숙였다. 엄마는 팔짱을 낀 채 창밖을 한참 노려보다가 벌떡 일어나 안방으로 들어갔다.

암전. 엄마가 안방 문을 소리 나게 닫고 들어가는 순간 우리 집은 침묵에 잠겼다. 그건 정전협정이 깨졌다는 신호이기도 하다. 학원에서 온 한울이는 안방 문이 잠긴 걸 알고는 사태를 파악해 혼자 라면을 끓였다.

“먹을래?”

한울이는 식탁에 냄비를 통째로 올려놓고 라면을 후루룩거리며 먹다가 방에서 나온 나를 쳐다봤다.

“너나 많이 먹어!”

또 말이 불퉁스럽게 나왔다. 나는 화장실에 다녀와 한울이 들으라는 듯 내 방문을 소리 나게 닫고 침대에 벌렁 누워 부엌에 있는 한울이 소리에 귀를 기울였다. 냄비에 젓가락을 넣어서 개수대에 담아 놓는 소리, 콩콩 발소리, 딸깍 부엌 불을 끄는 소리가 선명하게 들렸다. 그 소리까지 분명히 듣고 있었는데, 어느 사이 까무룩 잠이 든 모양이었다.

내가 잠들었다는 걸 안 건 아빠 목소리에 퍼뜩 잠이 깬 뒤였다.

"또 시작이구먼, 또 시작이야. 하루 이틀도 아니고, 오디션 결과 나올 때마다 온 집안을 초상집으로 만들 게 뭐냐고. 오디션 보기 전에는 당신 예린이한테 붙어서 그놈의 연기 연습인지 뭔지 한다고 사람 본 체 만 체고, 오디션 결과 나오면 이불 쓰고 드러누워서 사람 무시하고. 말이 나와서 말이지, 당신! 내가 얼마나 참고 사는지 알아?"

"아니, 당신 오늘 정말 왜 이래!"

"왜 이래? 왜 이러냐고? 당신 나하고 한울이는 뭐 하고 사는지 관심이나 있어? 예린이 뒤꽁무니 쫓아다니는 거 더는 못 봐주겠어. 사람이 참는 데도 한계가 있어. 당신이 탤런트 할 거냐고? 왜 허구한 날 당신이 연기학원에 다니고, 오디션에 쫓아다니냔 말이야. 이제 예린이도 컸으니까 스스로 하게 놔둬 봐!"

"놔둬? 요즘 같은 세상에 딸자식 연예인 만드는 게 그냥 운으로 되는 건 줄 알아? 부모가 등골 다 빼서 들이붓고, 똥줄 타게 따라다녀도 될까 말까야. 나도 이러고 싶어서 이러는 거 아냐. 나도 힘들고 지쳐 죽을 지경이야. 그래도 내 자식 성공시키려고 이러는 거야. 예린이가 혼자 할 수 있으면 나도 이 짓 안 해. 소질 없는 애 끌고 다니느라 나도 힘들어. 나도 때려치우고 싶은 걸 꾹 참는 거야."

"그게 다 당신 욕심이지, 누가 억지로 시켜서 하는 거야? 당신 욕심에 예린이도 배겨 나질 못하잖아……. 제발 인제 그만 좀 하자. 우리 네 식구 좀 마음 편하게 살아 보자. 예린이가 배우가 되든, 안 되든 제가 선택하도록 그냥 놔두자. 제발!"

아빠의 고함과 함께 요란한 소리가 들렸다. 방문 앞에서 숨죽이고 서 있던 나는 벌컥 문을 열고 뛰어나갔다. 동시에 한울이 방문도 열렸다. 아빠는 어둠 속에 서 있는 나와 한울이를 번갈아 보았다. 안방 불빛을 등지고 서 있는 아빠는 아주 커다랗게 보였다. 그렇지만, 조명 밖에 나선 아빠는 텅 빈 극장 무대에 오른 늙은 배우 같이 초라했다. 아빠는 손에 점퍼를 든 채 현관 쪽으로 천천히 걸어갔다. 점퍼가 늙은 개처럼 끌려갔다.

"떠들어서 미안하다. 별일 아니니까 들어가서 자! 아빠는 가게에 나가 잘게."

아빠는 컴컴한 거실에 우두커니 서 있는 나와 한울이를 남겨 놓고 그렇게 무대에서 사라졌다. 무대에 남은 사람은 참을성 많은 엄마뿐이었다. 참는 게 힘든 관객은 어찌할 바를 모르다가 제 방으로 들어갔다.

아침에도 안방 문은 굳게 닫혀 있었다. 엄마는 쌈박기획 광고 첫 촬영이 있는 날이라는 걸 뻔히 알 텐데 꼼짝하지 않았다. 나는 조심스럽게 방문을 두드렸다.

"엄마! 오늘 쌈박기획에 가야 해요."

문틈으로 엄마의 숨소리가 새어나왔다. 나는 살며시 안방 문고리를 돌렸다. 문은 잠겨 있지 않았다. 문을 열자 시금털털한 냄새가 훅 끼쳐 왔다. 엄마가 밤새 속 끓이며 토해 냈을 한숨이 방바닥에 고여 있는 듯했다. 그렇지만 내 발에 채인 건 냄새가 아니라 텔레비전 리모컨이었다. 등껍질이 열려 건전지 하나를 빠뜨린 리모컨. 지난밤 아빠 손에서 튕겨 나갔을 리모컨은 무사했다. 제 집을 잃은 건전지 하나는 화장대 거울 앞에 나뒹굴고 있었다. 거울도 멀쩡했다. 흠집이 난 건 아빠 마음뿐이란 건가. 나는 리모컨을 주워 화장대 위에 가만히 올려놓았다.

"엄마……."

"……"

"저, 오늘……."

"네가 알아서 해! 엄마 욕심에 자식들 들들 볶는다는 말 들으며 살고 싶지 않아."

엄마는 벽을 보고 누운 채 돌아보지도 않았다.

"엄마……."

"아빠 말 못 들었어? 다 엄마 탓이라잖아."

들었어요. 못 들었을 리가 없잖아요. 아빠는 엄마를 탓하고, 엄마는 재주 없는 딸 때문에 죽겠다고 한 소리까지 다 들었다고요. 내가 참는 줄 알았는데, 모두 나를 참아 내느라 힘들었다는 걸 알았다고요.

"……가서 전화할게요."

나는 엄마의 무뚝뚝한 등을 향해 말했다. 내가 안방 문을 닫고 돌아설 때까지 벽을 보고 모로 누운 엄마 등은 꿈쩍하지 않았다. 나는 내 방에 들어가 며칠 전 엄마가 의상을 챙겨 넣은 여행 가방을 끌고 나왔다. 한울이가 부엌 냉장고에서 우유를 꺼내다 나를 보고는 눈이 커졌다.

"어디 가?"

"오늘 광고 촬영 있어."

"혼자 가?"

내가 고개를 끄덕이자 눈이 더 커진 한울이가 목소리를 죽였다.

"엄마, 아직도 그래?"

나는 안방을 흘깃 보며 다시 고개를 끄덕였다.

"오늘 촬영 꼭 가야 해?"

"응."

한울이는 말없이 우유를 컵에 따라 내게 내밀었다. 나는 고개를 저었다. 한울이는 우유를 한 모금 마시더니 컵을 든 채 내 뒤를 쫓아와 내가 신발 신는 걸 물끄러미 지켜봤다.

"왜?"

"그냥."

"갔다 올게."

내가 가방을 끌고 현관 문고리를 잡자 한울이가 심드렁하게 말했다.

"나도 오늘 검도 대회 나가는데……."

"검도 대회?"

"응. 전국 대횐데."

입가에 허옇게 우유 자국이 묻은 한울이가 우는 것도, 웃는 것도 아닌 어정쩡한 얼굴로 말했다.

"엄마 아셔?"

나는 뻔한 질문을 한 걸 후회했다. 엄마가 심신이 멀쩡하다면 오늘 한울이 검도 대회가 있다는 걸 안다고 해도 내 광고 촬영을 따라왔을 것이다. 아마도 전국 대회라서 마음에 걸리면 아빠한테 가라고 했겠지. 엄마는 늘 그래 왔다.

"나, 잘 못하잖아……. 우리 도장 형들하고 같이 갈 거야."

한울이가 우물거리며 말했다. 세 살 터울인 한울이는 어려서부터 나 때문에 찬밥 신세였다. 첫째가 아니고 둘째라서, 큰애가 아니고 막내라서 누릴 권리를 내가 다 빼앗았는데, 언제나 한울이가 눈치를 봤다. 그런 한울이한테 나는 툭하면 신경질을 부렸다. 나는 미안하다는 말을 하고 싶었지만, 입이 떨어지지 않아 엉뚱한 말을 했다. 그것도 퉁명스럽게.

"나 광고 촬영이 언제 끝날지 몰라. 아빠는 아셔?"

"아니, 형들하고 가면 돼. 촬영 잘하고 와. 근데 오늘 유명한 연예인도 와?"

한울이 말에 나는 픽 웃었다. 미안하다고 말하고 싶었는데, 웃고 나니 더 할 수 없게 되어 버렸다.

"입에 묻은 거나 닦아."

나는 괜히 핀잔을 주고는 집을 나섰다. 잘 갔다 오라는 한울이 목소리가 육중한 현관문에 뚝 잘려 버렸다. 대회에 나가 경기 잘 치르고 오라고 할걸. 못 가서 정말 미안하다고 할걸. 엄마한테도 오디션에 떨어져서, 소질이 없어서 미안하다고 할걸. 그런데 정말 나는 미안하다고 느끼는 걸까. 만약 내가 오디션을 볼 때마다 단박에 붙었다면 가족이 나 때문에 참아야 하는 걸 당연하게 받아들이지 않았을까? 쌈박기획 사무실에 가는 내내 복잡한 생각이 명치끝에 걸쳐 있어 가슴이 답답했다. 나한테 가족은 뭐고, 가족은 나를 뭐로 보는 걸까?

"너희, 가족이 뭔지 고민은 충분히 해 봤니? 사랑은 뭐뭐다라고 하듯이 가족은 뭐뭐다 나름대로 정의를 내려 봐."

촬영장으로 가면서 콘티 설명을 하던 안지나 팀장이 백미러로 뒤를 쳐다보면서 말했다. 나는 안지나 팀장과 눈이 마주치자 습관적으로 웃었지만, 가족을 정의하지 못했다. 그걸 알면 내 명치끝이 답답하겠냐고. 내가 입을 열지 않자 안지나 팀장은 옆에 앉은 재형이에게 눈길을 옮겼다. 차에 오르면서부터 안지나 팀장 핸드폰을 빌려 게임을 하던 재형이는 열심히 손을 움직이면서 시큰둥하게 말했다.

"팀장님이 먼저 말씀해 보세요. 가족은 뭔지. 결혼 안 하신 분은 가족을 어떻게 정의하는지 궁금하네요."

재형이 말에 운전하던 봉 피디가 픽 웃었다. 안지나 팀장은 몸을 돌려 재형이 손에서 핸드폰을 휙 빼앗았다.

"재형이 너, 대사는 다 외웠어?"

"뭐 대충. 이모님, 핸드폰 어서 돌려주세요. 빌려 주시고서 이러시면 안 됩니다. 신용 떨어져요."

재형이가 앞으로 손을 내밀자 안지나 팀장은 핸드폰을 자기 가방에 던져 넣고는 중얼거렸다.

"가족? 웬수다, 웬수. 내가 저걸 왜 끼워 넣었는지 몰라……. 너 실수 많이 해서 촬영 더뎌지면 마두 핸드폰이고 뭐고 국물도 없어!"

"아, 네. 그런데 이모님도 광고는 처음이라면서요? 남 걱정할

형편은 아니실 텐데요. 괜히 긴장되니까 우리한테 말 시키는 거죠?"

"아이고, 저 웬수!"

핸드폰을 빼앗기고 졸지에 웬수가 된 재형이는 나를 보고 멋쩍게 웃더니 내 손에 들린 핸드폰을 힐끗 쳐다봤다. 나는 핸드폰 쥔 손을 배 쪽으로 끌어당겼다. 재형이는 입맛을 쩍 다시면서 말했다.

"얼마나 더 가야 해요? 촬영은 얼마나 걸려요? 촬영 빨리 끝내고 할 일이 있는데……."

광고에 캐스팅될 줄은 꿈에도 생각한 적이 없다는 재형이는 천하태평이었다. 시간이 흐르면서 손바닥에 땀이 날 정도로 긴장하는 나와는 딴판이었다. 촬영장에 도착해서도 나는 촬영장 한쪽 어두운 구석에서 벌 서는 아이처럼 서 있는데, 재형이는 이곳저곳을 기웃거리기 바빴다. 카메라를 들여다보고, 조명을 올려다보고, 바닥에 뱀처럼 늘어져 있는 검은 전선들을 따라다니며 어슬렁거리다가 스텝들에게 아주 사소한 것까지 꼬치꼬치 캐물었다. 스텝들이 바쁘게 움직이는데도 아랑곳하지 않았다. 안지나 팀장은 촌스럽게 군다고 핀잔을 줬지만, 이상하게도 나는 재형이의 그런 모습이 여유 있게 보였다. 재형이는 촬영장을 늘 다니던 놀이동산과 조금 다른 곳쯤으로 여기는 것 같았다. 천장에 매달린 조명이나 바닥에 놓인 레일을 타고 옮겨 다니는 카메라를 놀이 기구로 보는 재형이와 달리 나는 그것들 앞에서 주눅이 들었다.

내가 얼마나 얼어 있었는지, 카메라 테스트를 하던 카메라 감독이 물었다.

"너 광고 처음이니?"

그 말이 이렇게 들렸다.

"너 나무토막이니?"

나는 아무 말도 못하고 가방에서 콘티를 꺼내 대사를 읽었다. 엄마가 있었다면 나를 화장실로 데려가 몇 번이고 대사를 해 보도록 했을 것이다. 예린, 또박또박 대사를 명확하게 전달하는 게 중요해. 다시 말해 봐. 예린, 잇몸이 보이지 않도록 웃어야 해. 다시 웃어 봐. 예린, 얼굴을 너무 들지 마, 너는 턱을 약간 앞으로 숙여야 카메라에 잘 나온단 말이야. 다시 고개 들어 봐. 엄마가 금방이라도 스튜디오 안에 나타날 것 같았다. 스튜디오 문소리가 날 때마다 저절로 쳐다봐졌다. 엄마는 오지 않았다.

휴대전화를 꺼내 봤다. 부재중 전화도, 문자도 없었다. 엄마가 손꼽아 기다리던 광고 촬영을 마다하고 안방에 누워 있다는 게 믿기지 않았다.

엄마, 지금 촬영 들어가려고 해요.

문자를 썼다가 지웠다. 엄마가 아침처럼 알아서 하라고 할까 봐 겁났다. 엄마 없이 촬영하는 건 처음이었다. 그래도 엄마가 지금 달려가는 중이니까 연습하고 있으라면, 그것도 마음이 편하지 않을 것 같았다. 한울이는 지금 검도 대회에서 차례를 기다리고 있을 것이다.

엄마, 오늘 한울이 검도 대회에 나간대요. 전국 대회래요.

한참 망설이다가 엄마한테 문자를 보냈다. 엄마는 답이 없었다. 촬영 준비가 끝나자 감독이 안지나 팀장과 나를 식탁 앞에 마주 앉게 했다. 엄마 역할을 맡은 안지나 팀장의 모습은 꽤 엄마다웠다. 안지나 팀장이 어색하게 웃으며 나를 봤다.
"안 팀장, 그렇게 웃지 말고 자연스럽게 웃어요. 대사는 나가지 않으니까 둘이 사이좋은 모녀처럼 웃으면서 아무 얘기나 해 봐요. 그럼 갑니다."
감독의 지시가 떨어지고, 카메라가 돌았다. 순간 가슴이 철렁 내려앉아 웃음이 나오지 않았다. 나무토막이 되어 버린 거다. 나는 자꾸 고구마만 먹었다. 소품 팀이 삶은 속이 노란 고구마는 뜨거워서 아무 맛도 나지 않았다. 안지나 팀장도 말이 없긴 마찬가

지었다.

"컷! 둘 다 배고파? 먹지만 말고 말을 합시다. 촬영 끝나면 고구마 다 줄 테니 좀 참아요."

감독 말에 스태프들이 한바탕 웃었다. 웃지 않는 건 뜨거운 고구마를 손에 들고 진땀을 빼는 모녀뿐이었다. 안지나 팀장은 침을 꼴깍 삼키면서 작은 목소리로 말했다.

"내가 할 말을 생각해 왔는데, 하나도 떠오르지 않네. 예린이가 이해해."

머리가 하얗게 비기는 나도 마찬가지라서 할 말이 없었다. 나는 입에 든 고구마 덩이를 얼른 꿀꺽 삼켰다.

"그럼 다시 갑니다. 액션!"

감독의 사인이 떨어지자 안지나 팀장이 고구마 껍질을 벗기면서 물었다.

"우리 딸, 학교 다니랴, 연기하랴 힘들지? 학교 친구들하고 놀 틈도 없겠네. 친구는 많니?"

팀장의 목소리는 너무 다정했다. 조금 덜 다정했어도 내가 울컥하지 않았을 것이다. 내 눈시울이 붉어지는 걸 본 감독이 컷을 외쳤다.

"예린, 감정 너무 잡지 마. 이건 방황하는 청소년한테 '엄마 고구마 쪄 놓고 기다리신다. 얼른 집에 돌아가라!' 는 공익광고가 아니야. 앞에 앉은 엄마는 날마다 보는 엄마야. 툭탁거리면서 싸우다 화해하고 그런 엄마. 예린, 알았지? 잠시 숨 돌리고 갑시다."

나는 엄마와 싸워 본 적이 없다. 그러니 화해를 어떻게 하는지 모른다. 스태프가 내 얼굴 화장을 손보는 사이 나는 슬쩍 핸드폰을 꺼내 열어 봤다. 엄마와는 여전히 불통이었다.

"이렇게 머리를 하니까 우리 엄마하고 닮은 것 같아. 나 엄마 닮는 거 싫었는데."

거울을 보던 안지나 팀장이 혼잣말처럼 중얼거렸다. 나는 세상에 수많은 엄마와 딸을 생각했다. 싸우고 화해하고 미워하고 그러면서 자신도 모르게 닮아가는. 나도 엄마를 닮을까?

"예린, 준비됐어?"

감독이 일어서서 소리쳤다. 나는 고개를 끄덕이면서 안지나 팀장에게 살짝 말했다.

"저도 엄마 닮는 거 싫어요."

안지나 팀장이 픽 웃었다. 카메라가 돌아가고, 엄마를 닮는 게 싫은 두 여자는 고구마를 먹으면서 왜 엄마를 닮는 게 싫은지 떠들었다. 우리 수다에 감독은 흡족해했지만, 두 여자의 엄마들이 우리 얘기를 들었다면 절대로 웃지 않았을 것이다. 천만다행인 건 엄마들은 영원히 알지 못한다는 것.

엄마는 내 단독 신 촬영까지 모두 끝났을 때 스튜디오에 나타났다. 화려한 꽃무늬 스카프를 길게 늘어뜨린 엄마는 화사했다. 아침까지 이불을 뒤집어쓰고 속을 끓이던 흔적은 조금도 찾을 수 없었다. 엄마는 스튜디오에 오자마자 커다란 보온병에 타 온 커피와 엄마가 애용하는 제과점 샌드위치를 돌렸다.

"우리 예린이가 잘했나 모르겠어요. 집안에 급한 일이 생겨 혼자 보내 놓고 얼마나 걱정이 되던지……."

엄마는 촬영 감독, 안지나 팀장, 봉 피디 그리고 이름을 알 수 없는 스태프들에게 똑같은 말을 하면서 굽실거렸다. 세상이 다 변해도 엄마는 변하지 않는다는 게 만고불변의 진리라던 안지나 팀장은 커피를 받고 정색하며 말했다.

"예린이가 아주 잘했어요. 어머니는 걱정하지 않으셔도 되겠어요."

"어머, 그래요? 그래도 늘 제가 챙겨 준 터라 영 마음이 안 놓이더라고요."

엄마가 웃으면서 나를 쳐다봤다. 정말 나는 오늘 촬영을 잘 해냈다. 감독은 연신 "표정 좋다, 목소리 좋다, 감정 좋다!"를 연발했다. 카메라 앞에서 그런 칭찬을 받기는 처음이었다. 칭찬에 굶주려 있던 나무토막한테는 분에 넘치는 성찬이었다.

"잘했다니 정말 다행이네요."

엄마 눈빛이 살짝 흔들렸다. 나는 얼른 옷가방을 챙겨 들었다.

얼른 나가고 싶었다. 엄마 손을 잡아끌고 그 자리를 떠나고 싶었다. 하지만 엄마는 모든 촬영이 끝나고 장비를 정리하는 촬영팀을 쫓아다니면서 머리가 땅에 닿도록 '수고하셨다' 인사를 한 뒤에야 차에 올랐다. 엄마가 머리를 숙일 때마다 달아오른 내 얼굴은 시뻘겋게 달궈져 있었다. 나는 가만히 차창을 내렸다.

"예린, 감기 들어. 창문 올려. 낼모레 야외 촬영하는데 감기 들면 큰일 나. 야외 촬영도 오늘 감독이 찍겠지? 저 감독이 전자제품 광고를 많이 찍었다고 하던데 야외 촬영 때도 실수하지 마."

매니저로 다시 돌아온 엄마는 힘줘 핸들을 잡았다. 엄마의 통통한 손등에 시퍼런 정맥이 희미하게 드러났다. 나는 차창을 올렸지만 아주 조금 틈을 놔뒀다. 그 틈으로 들어온 바람이 꽤 세찼다.

"꼭 닫아!"

"답답해서요. 그런데 엄마, 한울이 검도 대회는요?"

"……아빠한테 가시라고 했어. 넌 신경 쓸 거 없어. 오늘 학원에 전화해 보니까 곧 봉준호 감독 영화 오디션이 있을 거라고 하더라. 긴장 늦추지 말고 올인해 보자."

"……"

"예린, 이제 조금만 더 가면 돼. 믿음직한 기획사에 스카웃만 되면 엄마도 걱정이 없어. 그때까지는 엄마가 더 열심히 러닝해야지."

엄마는 어젯밤 싸움에서 패배한 게 아니었다. 엄마는 보란 듯이 더 힘차게 달리려고 잠시 쉬었을 뿐이다. 엄마는 여태 그랬듯이 나를 울타리 안에 얌전히 앉혀 놓고 혼자 달릴 참인 거다. 발뒤꿈치 한번 까지지 않고, 무릎에 생채기 한번 나 보지 않고, 손바닥에 굳은살 한번 배겨 보지 않고서는 나무토막밖에 안 된다는 것을 엄마는 모른다. 엄마 힘에 끌려 여기까지 왔다고 해도 더 달리려면 이제 내가 나서야 한다.

"영어 들어야지."

엄마는 시디플레이 재생 버튼을 누르고, 소리를 키웠다. 창문 틈으로 들어오는 바람에 얼굴을 들이대고 있던 나는 엄마가 한껏 키워 놓은 소리를 아주 작게 줄였다. 엄마가 나를 쳐다봤지만, 나는 의자에 머리를 기댄 채 정면을 뚫어지게 바라봤다.

"오늘 영어 학원 가는 날이야."

"오늘은 좀 쉴래요."

"자꾸 빠져 버릇하면……."

"한 번도 빠진 적 없잖아요."

엄마는 아무 말 없이 시디플레이어를 껐다. 차 안에 긴장감이 돌았다. 엄마와 나는 마치 팽팽해진 줄 위에 앉아 있는 것 같았다. 문틈으로 들어온 바람이 줄에 걸린 듯 윙윙댔다. 나는 눈을 감고, 모든 소리에 집중했다. 엄마의 거칠어지는 숨소리도 놓치지 않았다.

광고 촬영을 하는 며칠 동안 내 머릿속에는 마구 뒤엉켜 움직이는 무언가가 똬리를 틀고 앉아 버렸다. 연기자고 뭐고 다 그만두고 싶다는 생각이 불뚱거리는가 하면, 이를 악물고 더 열심히 해 보자는 생각이 펄떡거렸다. 이렇게 생각이 불길처럼 시뻘겋게 살아 움직이다가도 엄마 앞에 서면 마치 얼음물을 끼얹은 것처럼 모두 식어 버렸다.

엄마는 나와 함께 달리려고 했지만, 내 몸은, 내 생각은 이렇게 말했다.

"고맙습니다만, 사양하겠습니다."

광고 야외 촬영이 있는 날, 엄마는 한울이가 병원에 가야 하는데도 나와 달리려 했다. 엄마는 이미 달리고 있는 사람처럼 가쁜 숨을 몰아쉬면서 나와 한울이를 번갈아 보았다. 한울이는 소파 끝에 엉덩이를 걸친 채 오른쪽 다리를 쭉 뻗고 있었다. 검도 대회 때 삐끗했다는 오른쪽 발목이 눈에 띄게 부어 있었다.

"누나, 나는 괜찮아. 혼자 병원 갔다 오면 돼."

한울이가 뻗었던 다리를 끌어당겨 구부렸다. 엄마가 이맛살을 찌푸렸다.

"그러게, 어제 병원 다녀오라고 했잖아. 왜 병을 키워!"

"어제는 괜찮았어요."

"그럼, 지금 나가는 길에 병원 앞에 내려 줄게 치료받고 혼자 올 수 있겠어?"

한울이가 순한 표정으로 고개를 끄덕였다.

"엄마, 그럴 거 없어요. 나 혼자 가도 돼요. 한울이 발목 치료받고 깁스라도 하면 혼자 어떻게 와요."

나는 엄마가 끌고 있던 가방을 잡아당겼다.

"거기까지 어떻게 혼자 가! 말도 안 되는 소리 하지 마."

"지하철 타고 가서 택시 갈아타면 돼요."

"가는 게 문제야? 감독들이며 광고회사 사람들 가서 챙기려면 너 혼자 가서 뭘 하겠어. 답답한 소리 그만해. 한울이는 지금 따라 나와!"

"엄마! 정말 저 혼자 가도 된다니까요. 아픈 애 놔두고……."

"한울인 혼자 가도 된다잖아. 안 되면 아빠한테 연락할게. 빨리들 나와!"

엄마는 몸을 휙 돌려 현관으로 나갔다.

"엄마! 제발!"

나는 악을 썼다. 엄마가 흠칫 놀라 뒤를 돌아봤다.

"엄마, 나 좀 그냥 놔둬요. 나도 할 수 있다고요. 엄마는 내가 엄마 없으면 아무것도 못하는 줄 알지만 아니라고요. 엄마가 내 손 내 발 내 생각 다 묶어 놓고 있었다고요……. 내가 소질이 있는지 없는지, 내가 할 수 있는지 없는지 내가 판단하도록 놔둬요. 그럼 엄마는 소질 없는 애 끌고 다니느라 힘든 걸 참을 필요 없고, 나는 가족들이 참는 걸 미안해할 필요도 없잖아요. 제발, 엄마!"

엄마 눈꺼풀이 바르르 떨렸다. 내 입에서 튀어나와 퍼덕대며 요동치는 말에 놀란 엄마는 들고 있던 손가방과 자동차 키를 뚝 떨어뜨렸다. 한울이가 하얗게 질려 내 팔을 잡았다.

"누나……."

내 팔을 잡은 한울이 손에 힘이 들어갔다. 나는 왈칵 눈물을 쏟으면서 집에서 뛰쳐나왔다. 엘리베이터를 타고 내려오는 동안에도 눈물이 멎지 않았다. 아파트 입구를 빠져나오면서 눈물을 닦고 보니 한 손으로는 촬영장에 가져가야 할 가방을 끌고 있었다. 그 와중에 가방을 챙겨 나오다니. 내가 정말 엄마를 닮아 가거나, 정말 연기자가 되고 싶거나. 알 수 없었다. 나는 지하철역 화장실에서 눈물 자국을 닦고 헝클어진 머리를 매만졌다. 거울에 비친 내 모습이 낯설었다. 내가 조금 전 토해 낸 말과 쏟아 낸 눈물에는 십육 년 동안 엄마가 만들어 놓은 '나'라고 믿었던 것들이 뒤섞여 빠져나간 것인가.

나는 낯선 나와 마주하고 있었다. 속은 텅 비었지만, 머리는 맑았다.

"어떻게 예린이 네가……."

엄마가 한 말이 자꾸 귀에 맴돌았다.

어떻게?

정말 어떻게 지하철 표를 사야 할지 몰랐다. 매표소 앞을 기웃거리면서 눈치를 보다가 만 원짜리 하나를 꺼내 매표소에 내밀면서 물었다.

"대화역에 가려고 하는데요, 얼마죠?"

내 말이 떨어지기가 무섭게 역무원이 무표정한 얼굴로 맞은편을 가리켰다.

"저기 교통카드 발급기로 가서 사세요. 일회용 교통카드는 하차한 뒤 보증금 환급기에 넣으면 보증금 오백 원을 돌려받을 겁니다."

나는 내밀었던 돈을 거둬 다시 지갑 안에 넣었다. 그리고 발급기로 가서 표를 샀다. 이렇게 표를 사는 거구나. 마치 뭔가 대단한 일을 해낸 것처럼 뿌듯했다. 겨우 지하철 표를 샀을 뿐인데.

엄마 뒤꽁무니를 따라다니느라 아주 사소한 일조차 내 손으로 해 본 적이 없다. 엄마는 나를 깨지기 쉬운 유리 다루듯 하면서 모든 시중을 다 들어줬다. 엄마가 하라는 대로 잘 따르기만 하면 나를 신주 모시듯이 했다. 아빠와 한울이도 엄마 뜻을 따를 수밖에 없었다. 엄마는 내 발에 유리 구두를 신겨 놓았고, 나는 가족들이 깔아 놓은 붉은 카펫 위를 당당하게 걸었다. 나는 내 발이 자라더는 유리구두가 맞지 않는다는 것을 알고 나서야 나 때문에 늘 뒷전에 물러나 있어야 하는 아빠와 한울이가 보인 것이다. 한울이…….

엄마가 종일 나를 따라다니는 동안 한울이는 혼자 밥 먹고, 혼자 놀고, 혼자 울고, 혼자 웃었다. 엄마는 한울이에게 부당했다. 그리고 나와 엄마 자신에게도.

병원에서 깁스하고 있어. 누나, 괜찮아?

지하철에서 막 내리려고 할 때 한울이한테 문자가 왔다. 혼자 자란 한울이는 벌써 더 깊이 뿌리를 내리고 서 있는지 모른다. 한울이가 뻗친 뿌리가 내 발목을 휘감는 것 같았다. 나는 승강장을 빠져나오면서 어렵게 한 마디를 찍어 보냈다.

응

아무 의미도 없는 말. 그래도 한울이의 뿌리는 내 발목을 감고 내 다리를 타고 올라와 내 가슴에 가만히 촉수를 들이대고 있었다. 말하지 않아도 내 마음을 들여다봤다.

> 엄마도 좀 괜찮아졌어. 촬영 잘하고 와.

한울이 문자에 나는 또다시 짧게 대답했다.

응

나는 지하철 표를 사는 것만 서투른 게 아니었다. 나를 드러내는 데도 서툴렀다. 연기의 기본은 자신을 솔직하게 드러내는 거라고 하던 연기학원 선생님 말이 떠올랐다. 나는 공예린으로도, 연기자로도 어설프고 서투르다. 나는 도대체 어디에 갇혀 있는 걸까?

"예린이는 아빠하고 문자 자주 주고받니?"

촬영 준비를 하는 동안 아빠 역을 맡은 박동화 아저씨가 물었다. 푸르뎅뎅한 점퍼에 낡은 운동화를 신은 아저씨는 트럭 운전사 노릇이 어색해 보이지 않았다. 나는 말없이 머리를 저었다.

"다들 그런가 보구나."

아저씨는 희미하게 웃었다. 나는 어색해서 광고 콘티에 눈을 돌렸다. 학원에 다녀오다 버스 안에서 밤새 트럭을 모느라 힘든 아빠에게 사랑한다는 문자를 보낸다. 아빠의 답장을 받고 환하게 웃는다. 광고 속 딸 역할은 그것뿐이었다. 그런데 공예린은 그것조차 하지 않았다. 사랑한다는 말은 유치원 때 이후로 해 본 적이 없는 것 같다. 나와 아빠는 너무 멀리 떨어져 있었다. 우리는 강을 사이에 두고 마주 선 나무 같았다. 아빠는 내가 자라는 것을 보고, 나는 아빠가 늙어 가는 것을 보면서 서로 아무것도 할 수 없는 사이. 내가 연기학원에 다니고, 방송국을 쫓아다니면서부터 아빠와의 간격은 더 벌어졌다.

"예린아, 얼굴이 너무 어두워. 아빠한테 응원 문자를 보내는 게 아니라, 응원 문자를 받아야 할 사람 같아 보인다. 다시 해 봐."

감독은 노련한 낚시꾼처럼 연기자의 감정을 낚아 올려 칼질하고, 소금을 뿌렸다.

"예린아, 아빠 뭐 하시지?"

"트럭 운……"

"아니, 진짜 아빠."

"가게 하세요."

"가게 힘들지. 종일 손님들하고 입씨름하지만 매상은 안 오르고. 물건 대금 달라고 조르고. 예린아, 그런 아빠 모습을 그려 봐."

그리고 집에 와서는 연기 공부하는 딸 때문에 늘 빈 거실에서 혼자 우두커니 앉아 있어야 하는 아빠. 나는 아직 개통되지 않은 핸드폰에 문자를 찍었다.

아빠, 미안해요. 아빠, 저 이제 혼자 해 보려고요. 한번 해 볼게요. 아빠 그리고 사랑해요♡

　과연 아빠가 이 문자를 받는다면 뭐라고 답장했을까. 아마도 아빠는 '그래, 우리 딸 믿는다'라고 했을 것이다. 나는 아빠가 실제로 그런 문자를 보내기라도 한 양 핸드폰을 들여다보면서 수줍게 웃었다.
　"좋아. 지금 그 감정 그대로 다시 간다."
　감독은 내 진심을 다시 낚아챈 것일까? 그래도 감독은 쉽게 만족하지 않았다. 아니, 나도 만족스럽지 않았다. 나는 같은 장면을 열세 번이나 반복한 뒤에야 촬영을 끝냈다. 감독은 애썼다며 어깨를 두드렸다.

　그래, 이렇게 가는 거야. 실수하고 넘어지면 다시 일어나면서. 혼자 가는 거야. 나는 촬영장을 빠져나와 집으로 곧장 가지 않고 전철을 이리저리 갈아타면서 한참이나 돌았다. 전철에 사람들이 발 디딜 틈도 없이 가득 찰 무렵 나는 종로에서 내렸다. 아빠가 있는 곳, 종로. 집 말고 내가 갈 곳은 여기뿐이었다.
　저녁 시간에 종로는 지하나 지상이나 사람으로 넘쳐났다. 내가 끌고 다니는 커다란 여행 가방은 사람들 발에 이리저리 채였다. 지하철 매표소 옆에 무인 물품 보관소가 있어 가방을 넣으려 했지만, 너무 복잡해서 포기하고 말았다. 하는 수 없이 가방을 손목에 채워진 족쇄처럼 질질 끌고 지하철 계단을 올라와 종로 길바닥에 섰다. 세운상가 방향이라는 안내판을 따라 지하철역을 빠져나왔는데, 세운상가는 보이지 않았다. 지하철역을 잘못 내린 건지도 모른다. 내 또래 아이들이 삼삼오오 짝을 지어 몰려다니고, 서로 허리를 휘감은 채 딱 붙어 다니는 젊은 연인들로 가득한 거리에 텔레비전이나 오디오를 파는 가게가 있다는 게 믿어지지 않았다. 하기야 눈부시도록 환하게 전등을 켜 놓은 귀금속 도매상가 옆에는 요란한 장식이 달린 에어로빅 의상을 입은 마네킹이 어색하게 서 있는 운동복 총판이 있고, 그 옆에는 가슴을 열어 내장을 죄다 드러낸 인체모형을 세워 놓은 의료기기 가게와 커피 냄새를 풍기는 커피숍이 나란히 있는 곳이니 아빠가 텔레비전을 들고 "유럽에서 친환경 인증을 받은 엘씨디 텔레비전! 오늘 특가 할인, 이런 기회는 다시 오지 않습니다!"라고 외쳐도 이상할 것이 없었다.

  나는 세운상가를 찾지 못하고 길 한복판에 선 채로 내 가방을 피해 가는 수많은 구두와 운동화를 내려다봤다. 그때 휴대전화 진동이 울렸다. 아빠였다. 어쩌면 아빠가 텔레비전을 머리 위로 들고 흔들다가 나를 본 건지도 모른다.

"아빠……."

"그래, 예린아. 아빠야. 촬영이 끝났을 것 같아서 전화했어. 어디니?"

아니었다. 아빠는 내가 어디쯤 서 있는지 모른다.

"……지금 막 끝났어요. 아직 촬영장이에요."

"그래. 고생했겠네. 혼자 갔다면서? 엄마한테 얘기 들었다."

"네."

"너 힘든 거 알아. 그래도 엄마한테 그러면 안 되지. 엄마가 얼마나 속상하겠니. 오늘 가서 죄송하다고 해. 아빠도 일찍 갈 거야. 괜히 아빠 때문에 집안 시끄러운 것 같다. 아빠가 미안하다. 우리 딸 뒷바라지도 잘 못해 주고……. 아빠 노릇을 못해서 미안해."

강 너머에 서 있는 아빠는 내가 힘겹게 뻗은 가지가 바람에 흐느적거리는 것을 빤히 보면서 달려오지 못하는 것을 미안해했다. 아빠는 어서 집에 들어가라며 전화를 끊었다. 마침 세운상가 건물이 눈에 들어왔다. 벽 한쪽을 꽉 채울 만큼 큰 간판에는 굵은 글씨체로 세. 운. 상. 가. 라고 적혀 있었다. 나는 한참 간판을 올려다보다가 천천히 등을 돌렸다. 미안해하는 아빠 얼굴을 보는 건 정말 미안한 일이기 때문에.

나는 가방을 끌고 세운상가 뒤 청계천으로 갔다. 오색 등불이 켜진 청계천을 한참 내려다봤다. 집이 아니라면 어디든 가고 싶었지만, 갈 곳이 없었다. 여행 가방도 물에 젖은 솜처럼 점점 무거워 져 끝내는 내 팔목을 붙잡고 늘어지는 것 같았다. 나는 종로5가 쪽 으로 걷다가 피시방 간판을 보고는 걸음을 멈췄다. 피시방은 엄마 가 출입금지령을 내린 곳 중 하나였다.

"예린, 스타가 될 사람은 아무 곳이나 들락거려서는 절대 안 돼! 스타의 품위를 유지하려면 가고 싶다고, 하고 싶다고 다 할 수 없어. 스타가 되려면 자신의 마음을 감출 수 있어야 해. 시크릿! 그게 중요해."

중학교 때였다. 엄마는 내가 한울이와 노래방에 간 걸 알고는 펄쩍 뛰면서 엄포를 놨다.

"노래방, 피시방, 만화방 그런 곳은 절대 안 돼! 그런 곳은 사회 악이 곰팡이처럼 피어 있단 말이야. 명심해! 노래 부르고 싶으면 피아노 치면서 부르고, 게임 하고 싶으면 게임기로 하고, 만화 보 고 싶으면 말해. 빌려올 테니까. 집에서 보면 되잖아. 집만큼 안전 하고 편안한 데가 어딨어?"

엄마는 무엇을 하든 집에서 하라고 했다. 집은 모든 비밀을 지 켜 주는 안식처이기에? 든든한 울타리가 되어 주는 가족이 있기 에? 울타리는 보호막이기도 하지만, 가로막이기도 하다. 울타리 는 세상에 지친 사람을 보듬어 주기도 하지만, 세상 밖으로 나가 려는 사람을 가두기도 한다. 사람들은 그걸 아는 걸까? 나는 밤거리를 메운 사람들을 물끄러미 바라봤다. 울타리 안으로 들어가고 싶어 하는 사람, 울타리 밖으로 나가려는 사람. 그걸 가슴에 써 붙이고 다니는 사람은 없을 것이다. 그럼 나는?

나는 가방을 끌고 피시방 간판이 보이는 건물로 다가갔다. 건물 이층에 있는 피시방은 동굴처럼 어두컴컴했다. 동굴에는 줄을 지어 컴퓨터가 늘어서 있고, 그 앞에는 모니터의 푸른빛 때문에 괴상하게 일그러져 보이는 사람들의 얼굴이 떠 있었다. 맨 앞자리에 떠 있던 얼굴이 나를 올려다보았지만, 눈이 마주치자 이내 컴퓨터로 눈을 돌렸다.

나는 가방을 끌고 느릿느릿 계산대 앞으로 다가갔다. 계산대 아래 컴퓨터 앞에서 게임에 열중하던 남자가 일어나서 나를 아래위로 훑어보고는 카드를 내밀었다. 나는 돈을 내밀었다.

"얼마예요?"

"후불이야."

"네?"

"집에 갈 때 이용한 시간만큼 돈 내면 된다고!"

"네."

나는 돈을 도로 지갑에 넣었다. 그리고 남자가 내민 카드를 받아 쥐긴 했는데, 그다음에는 뭘 해야 할지 몰랐다. 남자가 내 등을 툭 치면서 손가락으로 벽 쪽에 있는 컴퓨터를 가리켰다.

"저기 삼십팔 번 가서 앉아. 그리고 컴퓨터 화면에 카드에 적힌 번호를 입력해. 여기 청소년은 밤새 못 한다."

남자는 내 가방을 쳐다보면서 말했다. 나는 삼십팔 번 컴퓨터 앞에 앉아 가방을 발밑에 놓고 앉았다. 이제는 무엇을 해야 하나? 컴퓨터 모니터에 뜬 작은 상자에 있는 커서가 어서 뭔가 하라고 재촉하듯이 껌벅였다. 나는 물휴지를 꺼내 컴퓨터 책상부터 닦았다. 모니터 옆에 눅진하게 눌어붙은 누런 얼룩은 아무리 박박 닦아도 지워지지 않았다. 옆자리에서 컴퓨터에 머리를 박고 있던 긴 머리 여학생이 나를 돌아보더니 제 앞에 있는 재떨이에 퉤 하고 침을 뱉었다. 재떨이에 내뱉어진 몽글몽글한 침과 글겅이는 여자의 숨소리는 정말 실감났다. 영화 오디션에서 긴 머리 여학생처럼 연기했다면 가출 소녀 역할을 따냈을지 모른다.

나는 컴퓨터에 카드에 적힌 번호를 입력하고는 인터넷을 연결해 오디션을 본 영화사 홈페이지에 들어가 봤다. 오디션 합격자를 발표하는 창이 먼저 열렸다.

'오디션 합격자 오진아'

나는 이름을 한참 들여다보다가 내가 초등학교 때 만들어 놓은 미니홈피에 들어갔다. 몇 년 동안 들러 보지 않은 미니홈피 대문에는 참 민망한 문구에 앞뒤로 하트가 반짝였다.

♡세계적인 배우가 될 공예린의 무대랍니다.♡

미니홈피 사진첩에는 여러 대회에 나가 상을 타는 사진, 광고를 찍는 사진, 학교에서 연극을 하는 사진 따위가 담겨 있었다. 나는 사진들을 하나하나 열어 보았다. 모두 엄마가 찍은 사진들이었다. 엄마는 나를 꿈꾸게 했고, 엄마 꿈이 내 꿈이고, 내 꿈이 우리 온 가족을 행복하게 할 거라고 믿었던 시절이었다. 그런데…… 이제 아니다. 내 꿈은 내 꿈일 뿐이다. 그리고 내 꿈 때문에 가족 누구도 힘들지 않아야 한다. 나는 대문 문구를 고쳤다.

진짜 배우가 되려는 공예린입니다.

그리고 미니홈피에 있는 사진도 모두 지워버렸다. 공예린 영화 인생의 타임코드는 제로인 것이다. 나는 독립영화 카페에 들어가 게시물들을 하나하나 읽어 내려 갔다. 여학생 역할을 할 배우를 모집하는 공고가 눈에 띄었다. 예전에 인상 깊게 본 독립영화를 찍은 감독이었다.

※ 출연료는 많이 줄 수 없습니다. 외모, 경력으로 평가하지 않습니다.
영화에 대한 열정이 있는 분과 함께 일하고 싶습니다.

나는 핸드폰을 꺼내 연락처를 저장했다.

피시방에서 나오니 하늘은 더 어두워져 있고, 거리 불빛은 더 깊어져 있었다. 사람들은 불빛을 가르고 버스 정류소로 지하철역으로 바쁘게 걸어가고 있었다. 나는 땅에 뿌리를 박은 것처럼 꼿꼿하게 서 있다가 천천히 걸음을 뗐다. 그러면서 한울이한테 문자를 보냈다.

누나 집에 가는 중. 만두 사 갈까?

📞 작가의 말

처음 '가족'을 소재로 단편집을 만들자는 말을 들었을 때, 나는 언뜻 된장찌개 냄새를 맡았다. 그곳은 인사동 한복판이었고, 어느 식당에서든 손님상에 내놓을 된장찌개를 바글바글 끓일 터였다. 그런데 내 코끝을 자극한 된장찌개 냄새는 후각이 아니라 지각이 빚은 것이다. 된장찌개 냄새는 가족을 상징하는 나만의 기호인 셈이다. 가족이라는 말에 된장찌개가 연상되는 건 그럴 만한 사정이 있다.

고등학교 때 우리 가족은 아버지의 전근으로 나만 남겨 놓고, 다른 도시로 이사를 했다. 나는 가족과 함께 살던 집에 혼자 남았다. 온전히 혼자는 아니었다. 우리 가족이 살던 안채에는 다른 가족이 세를 들어왔고, 나는 사촌 언니와 뒤채 단칸방 하나를 차지했다. 가족과 떨어져 산 건 그게 처음이었다. 시골에서 도시로 나온 친구 중에는 자취하고 하숙하는 애들이 꽤 있었으니 그리 동정받을 만한 일이 아니었다. 그런데도 나는 가족과 떨어져 산다는 게 무척 힘들었다. 학교를 마치고 어스름한 저녁에 대문을 열고 들어서면 반겨 주는 가족이 없다는 게 외로웠다. 무엇보다 가족이 둘러앉은 저녁상이 그리웠다. 엄마가 뚝배기에 끓인 된장찌개가 미치도록 먹고 싶었다. 그래서 결국 나는 몇 달 견디지 못하고 전학을 했고, 가족에 합류했다. 아마도 그때부터였을 것이다. 가족과 된장찌개가 동급이 된 건.

그런 내가 이 작업을 맡으면서 고등학교 여자아이의 눈으로 가족 이야기를 하기로 한 것이다. 무모하게도! 된장 냄새 풀풀 풍기는 구태의연한 가족에서 벗어나지 못하고 있는 내가 내 딸 또래 아이의 눈으로 가족을 바라볼 수 있을까? 된장과 햄버거의 간극만큼 난감했다. 글을 쓰면서 여러 아이를 만들어 내고 그 아이들을 떠들게 했지만, 이건 다른 상황이었다. 편집자도, 함께 작업하는 작가들도 역할극으로 방향을 잡아가고 있었다. 마치 사이코드라마처럼 나를 벗어던지고 내가 맡은 아이가 되어야 했다.

정말 가족이라는 테두리 안에 꼼짝없이 갇힌 기분이었다. '예린'이라는 인물을 만들어 내고도 나는 그저 바라만 보고 있어야 했다. (게다가 예린이는 배우 지망생이기까지 하다. 어려서부터 주제 파악은 좀 한 나로서는 꿈도 꿔 보지 않은 일이다. 배우라니…….) 예린이한테 숨을 불어넣기도 전에 예린이가 나를 압도했다. 가공(加工)한 인물이 가공(可恐)할 만한 인물이 될 줄이야.

"당신, 내가 어떻게 가족을 생각하는지 아는 거야?"

나는 예린이가 따질까 봐 난감했다.

"당신은 고등학교 때 가족이 그리워서 떨어져 있지도 못했다면서? 그럼 그렇게 애틋하게 써!"

예린이가 이렇게 나와도 난처했다. 고등학교 때 가족을 그리워하면서 달려간 내 삼류 드라마의 결말은 해피엔딩이 아니었다. 나는 낯선 도시에 적응하지 못했고, 친구들이 보고 싶어 오랫동안 울면서 아침을 맞고 울면서 잠을 잤다. 우리 가족은 아침마다 학교에 안 가겠다고 징징대는 나를 지루해했고, 나는 몹시 외로웠다. 나는 된장찌개를 미치도록 먹고 싶어 한 것을 진심으로 후회했다. 도대체 가족이란…….

결국 나는 해답을 못 찾고 어른이 됐다. 가족으로 연결된 끈을 자르지도, 매듭을 짓지도 않은 채 허리에 둘둘 말고 살면서 풀리면 풀리는 대로 당기면 당기는 대로 받아들이는 평범한 어른. 그런 어른이 예린이 심정을 그릴 수는 없었다. 공동 작업이 아니라면 진즉에 못 하겠다 뻗댔을지 모른다. 그런데 다른 작가들이 만들어 낸 인물들을 보면 재미나서 혼자 떨어져 나가고 싶지 않았다. 사실 함께 머리를 맞대고 고민할 때는 예린이 얘기도 잘 풀릴 것 같은 터무니없는 자신감이 생기기도 했다.

그 자신감으로 새삼 이 처지에(딸이 가족이 뭐냐고 물을 때 답을 해야 할 판에), 가족을 되묻고 다시 시작했다. 내가 생각하는 가족은 버리려고 했다. 예린이 또래 아이들에게 가족이란 뭐냐? 묻고 대답을 긁어모았다. 그래도 느낌이 확 오지 않았다.(내 딸을 비롯해 아이들은 대개 별 감흥 없이 심드렁하게 답했다. 가족? 있으면 귀찮고, 없으면 아쉬운 그 무엇!) 아무런 감정 없이 무대에 올라 외운 대사를 지루하게 읽어야 할 판이었다. 그렇게는 글을 쓸 수 없었다. 궁리 끝에 가족은 떨쳐내고 예린이 자신을 들여다보는 것부터 시작했다. 내가 있고 나서 가족이 있는 것이다, 이런 단순한 생각이었다. 그러면서 선택의 기회 없이 자연적으로 귀속된 가족으로부터 자유로워지고자 했던 젊은 시절의 나를 기억해 냈다.

아무튼, 예린이 자신의 존재를 고민하면서 서서히 실마리가 풀려 나갔다. 그렇다고 내가 역할극을 완벽하게 해낸 건 아니다. 예린이가 가족에게 다가가지도, 멀어지지도 못한 것처럼 나는 여전히 가족이라는 명제에 명쾌한 대답을 내놓을 수가 없다. 그래도 이 경험이 나를 가족으로부터 좀 자유롭게 하지 않을까 싶다. 사춘기 딸을 둔 엄마로서는 적당한 거리두기가 필요하다.

이 책을 내기까지 작품 속에서 치열한 가족이 되어 준 김혜연, 임어진, 임태희 선생님과, 밀고 당기면서 우리 넷을 가족으로 끈끈하게 이어준 최윤정 선생님께 진심으로 감사드린다.

바람의아이들에서 백 번째 나오는 책에 끼어 있어 기쁘다. 쑥쑥 자라는 바람의아이들 등에 슬쩍 업혀 가는 것 같아 더 기쁘고 고맙다. 바람의아이들, 참 장한 아이들!

김해원

글 쓰는 게 가장 오래 한 일이 되어 버렸다. 그런데도 여전히 오활하고 굼뜨고 더덜 뭇하다. '생활의 달인'에 나오는 달인들처럼 안 보고도, 안 듣고도 척척 글을 써내는 날을 꿈꾸지만, 지금으로 봐서는 요원하다. 그걸 뻔히 알면서 줄기차게 엉덩이를 붙이고 의자에 앉아 있는 건 이 일이 꽤 재미있기 때문이다. 달인이 아니라서 내 글을 보는 사람은 재미를 못 느낄 수 있으나, 욕심 내지 않는다. 천천히 즐기며 가리라. 달인이 되는 그날까지!

지금 하세요
- 임태희

전등 스위치를 끄고 블라인드마저 내리니 쌈박기획의 자그마한 회의실은 제법 그럴듯한 소극장처럼 변했다. 오늘은 내가 지휘하는 제작팀이 광고 시안을 발표하는 날이었다. 3년차 카피라이터 철수 씨가 노트북을 프로젝터에 연결하는 동안 나머지 팀원들은 스케치에서 고쳐야 할 부분이 있다며 부산을 떨었다. 이틀 연속 밤샘 작업으로 팀원들 모두 바늘 끝처럼 예민해져 있었다. 나는 찬물을 마시고 시안 발표에 쓸 원고를 검토했다.

우리 쌈박기획이 마두테크놀로지의 광고를 따낸 것은 올해 광고계에서 가장 큰 이슈로 꼽히는 사건이다. 직원 수도 열네 명밖에 되지 않고 별다른 히트작도 없는 쌈박기획이 대형 광고회사들을 제치고 마두테크놀로지라는 거물급 기업의 계약을 따낼 수 있었던 건 지난여름에 사장의 육촌형이 마두테크놀로지 광고홍보팀의 수장 자리에 오른 덕택이었다.

이번 마두 건은 회사의 사활이 달린 중요한 사안인 동시에, 개인적으로는 광고인으로서의 능력을 시험할 일다운 일이었다. 나는 정말 잘 해내고 싶었고 잘 해낼 자신도 있었다.

팀원들이 준비를 마쳤다는 신호를 보냈다. 드디어 경기 시작.

"지금부터 마두테크놀로지 핸드폰 광고 시안을 발표하겠습니다."

내가 일어나 말하자 모두들 자리를 고쳐 앉았다. 나는 목을 가다듬고 프레젠테이션을 시작했다.

한 중년남자가 창고 같은 곳에 붙잡혀 온다.

안대를 풀자 저 멀리 어둠 속에서 보스의 검은 실루엣이 보인다.

보스 : (목소리 쫙 깔고) 지금부터 당신이 거절하지 못할 제안을 하겠다. (절제된 고갯짓을 하며) 애들아!

똘마니들 : 예, 형님!

똘마니들이 핸드폰을 들고 나와 위협적으로 핸드폰 기능을 하나씩 설명한다.(마치 총에 대해서 설명하듯 핸드폰을 돌리고 열어 보인다.)

　넓은 화면, 뛰어난 색 재현력, 빠른 반응 속도…….

　남자는 벌벌 떨면서 듣는다.

　보스 : 자, 어때? 이 멋진 물건을 가지고 우리 패밀리가 되지 않겠어?

　남자 : (침 꼴깍 삼키고 떨리는 목소리로) 가족들하고 상의해 보고요.

　보스와 똘마니들 충격 받고 휘청한다.

　이때 남자의 가족들이 가족폰을 총처럼 겨누고 들이닥친다. 핸드폰으로 총싸움을 시작한다.

　모든 면에서 가족폰이 우세하다. 결국 보스와 똘마니들은 항복한다.

　가족들 : (가족폰을 들고 멋진 포즈를 취한다.) 우리 가족에겐 무적의 가족폰이 있다. 다 덤벼!

　성우 내레이션 : 가족폰을 사용하시면 180개 제휴사가 당신의 뒤를 확실히 책임져 드립니다.

　발표를 마친 나는 팀원들에게 미소를 보냈다. 아직 시안이기 때문에 다듬어져야 할 부분이 제법 있었지만 가족에 대한 한 편의 블랙코미디를 보여 주자는 우리의 아이디어가 잘 표현되어 만족스러웠다. 나는 자신만만한 목소리로 말했다.

"불을 켜 주세요."

그런데 어찌 된 일일까. 가슴에 충만했던 자신감이 어둠과 함께 증발하고 말았는지 밝아진 회의실 앞에 홀로 서자 떨리기 시작했다. 분위기가 그야말로 쐐 했던 것이다. 모두들 긴장한 채 사장이 무슨 말이든 꺼내기만을 기다렸다. 이상하게도 사장이 입을 열기 전에는 아무도 자신의 의견을 말하지 않았다. 비겁하기는!

"애썼군. 그런데……."

드디어 개시. 나는 사장의 표정을 읽었다. 희끗희끗한 눈썹이 팔(八) 자 모양으로 쳐졌다. 그건 어디서부터 손을 대야 할지 감을 못 잡겠다는 뜻이었다. 뭔가 불만이 있군그래.

"어디 보자…… 그러니까…… 조폭 영화의 한 장면 같구먼. 어떻게 해서 '이런 아이디어'를 생각해 낸 거지?"

"'이런 아이디어'라뇨? 좀 더 구체적으로 말씀해 주시겠습니까?"

"가족을 너무 폭력적으로 묘사한 게 거슬리네요. 사장님도 같은 말씀이 하고 싶으신 것 같은데요. 안 그렇습니까, 사장님?"

신 부장의 말에 사장이 고개를 끄덕끄덕한다. 가려웠던 곳이 시원해진 얼굴이다. 흥, 그거였군. 예상했던 질문이다. 나는 더 이상 떨리지 않았다. 느슨해 뵈는 얼굴들에 스매싱을 날린다.

"솔직히 가족이라는 게 좀 폭력적이고 야만적인 거 아닙니까?"

여기저기서 안면근육이 팽팽히 당겨지는 소리가 들리는 듯하다. 저 여자가 지금 뭐래? 내가 제대로 들은 거 맞아? 다들 확인하고 싶은 눈치기에 나는 친절하게 화이트보드에 적어 주었다.

가족은 폭력이자 야만이다.

마침표를 찍기가 무섭게 빈정거리는 소리가 들려온다.

"그게 무슨 뜻인지 설명이나 들어 봅시다."

"설명이 필요하다고요? 모르는 척 내숭 떨지 마세요. 보이지 않는 폭력이 일상적으로 행해지는 곳이 바로 가정이잖아요. '가족을 위해서'라는 명분만 있으면 이기적인 요구나 미성숙한 행동도 암묵적으로 용인되는 사회 분위긴 또 어떻고요. 아무리 생각해도 가족은 폭력이자 야만이 맞는 것 같은데요."

"안 팀장, 지금 논문 써? 그걸 이해할 능력이 되는 사람이 대한민국에 몇이나 되겠나? 마두 애들이 원하는 건 이런 게 아냐. 내가 기획한 의도와도 거리가 멀고. 전략회의 땐 다 알아들은 것 같더니 어떻게 딴 길로 새도 이렇게 한참 새나?"

신 부장의 볼멘소리에 나는 재깍 응수했다.

"가족을 환기시키는 캠페인을 만들어 보자고 하셨잖아요."

"그래, 그렇다면 뭔가 따뜻하고 착한…… 그런 메시지가 나와야지. 이건 가족이 깡패 조직보다 힘이 세다는 걸 비꼬고 있잖아. 마두는 지금 권력다툼으로 실추된 이미지를 회복하고 싶어 해. 족벌경영에 대한 비판여론도 부담스러워하고. 그래서 가족에 대한 따뜻한 캠페인으로 부정적인 이미지를 상쇄시키자는 게 내가 생각해 낸 전략이었어. 우리 피곤하게 가지 말자, 응? 생각을 조금만 유연하게 해 봐."

"신 부장님이야말로 생각을 조금만 유연하게 해 보시죠? 가족은 소중한 것, 가족은 따뜻한 것…… 모두들 그렇게 외치는 걸 우리 광고에서 또 한 번 외쳐 보았자 환기가 되겠어요? 사람들이 차마 표현하지 못하는 생각, 그런 생각을 표현해 냈을 때 광고 효과도 높아질 거라고 생각하는데요."

신 부장이 벌게진 얼굴로 후, 하고 앞머리에 바람을 불며 목까지 채워져 있던 단추 두어 개를 풀었다. 나는 계속 말했다.

"베네통 광고 다들 기억하실 겁니다. 신부와 수녀의 키스, 흑인 경찰과 백인 범죄자, 사형집행을 앞둔 사형수들의 얼굴……. 이와 같은 논쟁적인 사진들이 모두 베네통 로고와 함께 걸렸고 수많은 논쟁을 불러일으키며 소비자들의 뇌리에 베네통을 확실히 각인시켰죠. 저희 제작팀 생각은, 우리도 제대로 된 논쟁 광고를 만들어 보자는 겁니다."

그러자 입이 달린 자는 다들 한 마디씩 내뱉었다.

"베네통 광고에는 무게감이 있었지. 이건 뭐 삼류코미디 같잖아. 한마디로 조악해."

이건 마케팅팀 변 차장의 한 말씀. 이어지는 나의 반격.

"진지한 주제일수록 유머 감각이 필요한 것 아닐까요? 가족의 막강한 파워를 꼬집되 매 발톱이 아니라 귀여운 꼬마 발톱으로 꼬집는 거죠. 이런 식의 유머는 제품에 대한 친근감을 높여 줄 겁니다. 마두 쪽에서도 딱딱한 분위기보다는 말랑말랑한 걸 더 선호할 텐데요."

"그렇다고 만만해 보이고 싶진 않을걸? 핸드폰 광고가 아니라 싸구려 장난감 광고 같잖아."

마케팅팀 조 과장의 한 말씀. 내가 허를 찔려 정신을 못 차리고 있는 사이 봉 피디의 지원사격이 들어왔다.

"그 문제는 비주얼로 커버할 수 있습니다. 얼마든지 섹시하게 뽑아낼 수 있어요."

고마워, 봉 피디.

"박철수 씨 생각은 어떤가."

어린 양을 시험하려는 늙은 늑대, 신 부장. 그러나 말려들지 않는 똘똘한 양, 철수.

"네, 우리 메시지는 가족에 대한 즐거운 논쟁을 불러일으킬 거예요. 그러면 제품을 자연스럽게 이슈의 장으로 끌어들일 수 있을 겁니다. 이슈는 판매수치로 보답할 거고요."

바로 그때 어디선가 들려오는 헛소리.

"이슈가 된다고요? 하하. 꿈도 야무지시네요. 전파를 타기도 전에 아마 심의에 걸릴 겁니다. 빨갱이라고 까일걸요?"

이건 보나마나 매체팀 양 부장. 자기 기준에 너무 앞서간다 싶으면 빨갱이라고 부르는 이 고리타분한 남자는 대책이 없다. 갑자기 두통이 밀려든다.

사장이 헛기침을 하며 슬그머니 일어나는 모습이 레이더망에 포착되지만 누가 말리랴. 사장이 자릴 뜨자 하나둘 도망치듯 회의장을 빠져나간다. 아직 떠나지 않은 적은 신 부장뿐이다. 나는 신 부장 옆으로 가서 앉았다.

"부장님."

그 말은 '끝장을 봅시다, 우리'라는 뜻을 함축하고 있었다. 그러나 신 부장은 셔터를 내려 버렸다.

"아무튼 안 돼요."

속이 뒤틀렸다. 내가 제일 싫어하는 두 단어의 조합. '아무튼' 그리고 '안 돼'. 무슨 결론을 내릴 때 '아무튼'이란 말을 한다면 더 생각하지 않겠다는 선언이고 '안 돼'라는 말을 붙인다면 포기각서를 쓰는 것이나 다름없다. 아무튼 안 된다니. 분하다.

"안 돼. 안 돼!"

신 부장이 버럭버럭 고함을 지르며 퇴장했다. 회의실에는 나를 포함한 전우 다섯 명만이 남겨졌다. 팀원들은 다 이겨 놓고도 결국 졌다는 생각에 무척이나 힘이 빠진 표정들이었다.

나는 옥상에 올라가 줄담배를 피우며 여러 가지 생각을 했다. 대학을 졸업하고 대필 작가, 여성잡지 객원 기자 등 글 쓰는 재주 하나에 기대어 떠돌다가 나이 서른에 마침내 광고회사 카피라이터로 자리를 잡았다. 지금 내 나이가 서른아홉이니 광고계에 발을 들여놓은 지 올해로 딱 십 년째가 되는 셈이다. 그동안 수많은 광고 카피를 탄생시켰지만 많은 사람들의 입에 오르내리고 오랫동안 기억에 남는, 그런 특별한 광고를 나는 아직 만들지 못했다. 이번 일을 멋지게 성공시켜 나 자신을 뛰어넘고 싶은 바람이 가슴 깊은 곳에서 꿈틀대고 있었다.

나는 내 자리로 돌아와서 책상 옆에 비스듬히 기대어 세워진 광고 시안 스토리보드를 들여다보았다. 숱한 야근과 밤샘의 결실로 태어난 이 빛나는 아이디어를 내 손으로 폐기처분해야 하는 현실은 잔인했지만 나는 아랫입술을 꾹 물고 그 일을 해냈다.

다음 날 아침, 나는 팀원들을 회의실에 모아 놓고 이렇게 이야기할 수 있는 나 자신이 너무나 사랑스럽게 느껴졌다.

"어젯밤에 일정을 다시 짜 봤는데 시간이 많지 않아요. 딱 24시간을 줄게요. 불평하지 마세요. 우린 프로니까. **'가족에 대한 새로운 접근법을 모색하라'**, 이게 바로 미션이에요. 각자 자신만의 독창적인 방법으로 아이디어를 최대한 끌어모으세요. 그리고 내일 이 시간, 이 자리에 다시 모이는 겁니다. 사무실에 앉아서 시계만 들여다보며 한숨짓고 있는 사람은 제가 가만두지 않겠어요. 자, 지금부터 시간 잽니다. 움직이세요."

카피라이터 철수 씨는 환호성을 지르며 잽싸게 튀어나가 인터넷으로 연극표를 알아보더니 여기저기 전화를 걸어 친구들과 약속을 잡고 대학로로 날아갔다. 봉남태 피디는 드라마나 봐야겠다며 얼마 전 할부로 장만한 할리데이비슨을 타고 집으로 갔다. 그리고 디자이너 정은규 대리는 뜨개질 거리와 만화책 한 꾸러미를 들고 카페로, 인턴십 디자이너 이수현 씨는 책을 읽은 지 너무 오래되었다며 서점으로 방향을 잡았다.

팀원들을 모두 밖으로 쫓아내고 나도 가방을 챙겨 일어났다. 사장에게 자리를 비우겠다고 보고를 한 다음 주차장으로 내려가며 정확히 하루 뒤에 알람이 울리도록 시계를 맞춰 놓았다. 알람이 울릴 때까지 시계 보는 일은 가급적 피할 것이다. 사람은 초조하면 손에 쥐고 있던 것도 떨어뜨린다. 아이디어를 잡으려면 최대한 마음을 느긋하게 먹어야 한다. 나는 갈 곳을 정하지 않은 채 차에 시동을 걸었다.
  몇 시간씩 라디오를 들으며 드라이브를 즐겼다. 예쁜 길이 나오면 내려서 걷기도 하고 마음에 드는 물건이 보이면 사기도 했다. 맛있기로 소문난 집을 찾아가서 배불리 밥도 먹었다. 물론 머릿속에선 아이디어 공장이 쉬지 않고 돌아갔다. 그러다 문득 사이드미러에 비친 내 모습이 눈에 들어왔다. 머리가 왜 이렇게 부스스하지? 내가 머리를 언제 했더라. 아, 머리나 하러 가야겠다. 생각이 거기에 미치자 나는 당장 차를 돌려 동네 미용실로 향했다.
  미용실에 들어서자 미용사들이 알은체를 했다. 내 담당 미용사가 안 보이기에 물었더니 감기에 걸려 휴가를 냈다고 했다. 담당 미용사는 내 또래인 데다 나처럼 아직 싱글이었기 때문에 내가 어떤 종류의 대화를 불편해하는지 잘 아는 사람이었다. 나는 아쉬운 대로 다른 미용사에게 머리를 맡기기로 했다. 새로운 미용사는 무척 젊고 예쁘장한 아가씨였는데 내 머리를 보자마자 '항상 단발머리만 하셨죠?' 하고 물었다. 내가 그렇다고 대답하자,
  "손님이 오실 때마다 제 담당이 아니어서 말씀을 못 드렸는데, 손님은 파마머리도 잘 어울리실 것 같아요."
  라며 내 얼굴형과 비슷한 얼굴형을 가진 배우의 사진을 보여 주었다. 찰랑거리는 검은 물결이 배우의 인상을 또렷하게 만들어 주고 있었다. 딱 내 취향이었다.

"이렇게 해 주세요."

나는 미용사에게 머리를 맡기고 다른 손님들을 구경했다. 손님들이 무심하게 짓는 표정들에서 그들의 숨겨진 욕구가 뭘까 추측해 보는 일은 무척 재미있었다.

조금 뒤 하품이 나왔다. 나는 눈을 감고 사람들의 말소리에 귀를 기울였다. 미용실은 광고 창작자들에게 환상적인 공간이다. 잡지책을 보고 유행가를 들으며 트렌드를 읽을 수 있고 미용사와 손님들이 떠는 수다를 들으며 살아 있는 언어에 대한 감각을 고양시킬 수도 있다. 또 긴장을 풀고 머리를 비워 새로운 아이디어가 들어올 공간을 마련할 수 있으니 최적의 장소가 아닐 수 없다.

두 시간쯤 뒤, 미용사가 깨우는 소리에 눈을 떴다. 깜박 잠이 들었던 모양이다. 바로 맞은편에 웬 아주머니가 자다 깬 얼굴로 나를 빤히 쳐다봤다. 그렇게 노골적으로 사람을 쳐다보면 실례라는 걸 모르는 것처럼. 그러다 한순간 깨달았다. 그 아주머니가 거울에 비친 나라는 것을!

"맙소사! 내 머리에 무슨 짓을 한 거예요? 이건 완전 아줌마 파마잖아요!"

한 시간 넘게 공들여 드라이를 한 결과 보기에 괜찮은 정도가 되었으나 나는 지칠 대로 지치고 말았다. 미용실을 나오니 거리엔 벌써 땅거미가 내리고 있었다.

나는 우편함에 잔뜩 꽂혀 있던 우편물 뭉치를 들고 집에 들어갔다. 오래된 오피스텔 건물이라 난방설비가 자주 말썽을 일으켰고 부엌과 화장실도 손바닥만 했지만 혼자 살기엔 딱 좋은 곳이었다. 나는 즉석 스파게티를 전자레인지에 데우며 우편물을 살펴봤다. 카드 사용내역서와 관리비 고지서를 제외하고는 죄다 광고 전단지였다. 나는 지긋지긋하다고 생각하며 전단지를 쓰레기통에 버리려고 했다. 그런데 전단지 사이에서 예쁘장하게 생긴 카드 봉투가 툭 떨어졌다.

'또 청첩장인가? 이번엔 또 누가 무덤으로 가는 거야?'

그러나 그것은 내가 졸업한 광활여고 동문회에서 보낸 것이었다.

완연한 가을입니다. 바쁜 일상이지만 한 걸음 천천히 가며 옛 추억을 떠올려 보는 것도 좋겠지요. 광활여고 31기 동창생들과 정기모임을…….

나는 더 읽지 않고 카드를 반으로 쭉 찢어서 쓰레기통에 던졌다.

TV에서 광고만 돌려 보며 스파게티를 먹고 있는데 핸드폰이 울렸다. 엄마의 전화였다. 나는 벨이 계속 울리도록 내버려둔 채 냉장고에서 맥주 캔을 꺼내어 홀짝거렸다. TV에서 광고 서너 개가 지나가도록 벨은 계속 울리다가 잠잠해졌다. 내일. 그래, 내일 전화해야지. 소파에 누워 TV를 보다가 핸드폰으로 다시 눈이 갔다. 더 이상 벨은 울리지 않았지만 신경이 쓰였다. 왜 전화했을까? 나는 핸드폰을 집으려다 그만두었다. 엄마는 내 걱정을 너무 많이 했다. 피곤할 만큼.

'별일 아니겠지……'

나는 TV를 보다가 소파에서 잠들었다.

다음 날 아침, 샤워를 하고 화장대 앞에 앉았는데 머리가 말썽이었다. 어제 드라이로 간신히 펴 놓은 물결이 도로 탱글탱글하게 돌아가 있었다. 바빠서 제대로 펼 시간은 없고, 급한 대로 머리핀으로 눌러 가라앉히고 출근을 했다.

내 책상에 앉으려는데 하필 커피를 타 가지고 들어오던 신 부장과 눈이 마주쳤다.

"이게 누구야. 안 팀장!"

신 부장은 놀리고 싶어 안달이 난 표정으로 내 머리를 보았다. 나는 싹 무시하고 팀원들에게 말했다.

"십 분 뒤에 회의 시작합니다. 답이 나올 때까지 회의실 밖으로 못 나가니까 각오 단단히 하고 들어오세요."

"네, 요강 준비하겠습니다."

봉 피디가 던진 농담에 나는 찡긋 웃어 주었다. 덕분에 긴장된 분위기가 누그러졌다.

우리는 자료 파일을 한 아름씩 안고 가벼운 농담을 던지며 회의실로 들어갔다. 철수 씨는 회의 시간이 오기를 무척이나 바란 사람처럼 생기가 넘쳤다. 철수 씨는 우리가 미처 자리에 앉기도 전에 퀴즈를 냈다.

"다음 중 어느 것이 가족일까요? 1번, 죽은 남편을 그리워하며 사는 여든 살 할머니와 백구. 2번, 레즈비언 커플 영이와 순이, 그리고 순이가 옛날에 남자를 사귀다 생긴 아이. 3번, 남편은 북극에 부인은 남극에 살며 서로에 대한 생각은 일주일에 한 번 할까 말까 한 법률상의 부부. 4번, '우리는 패밀리'를 부른 힙합 듀오. 5번, 혈맹을 맺기로 한 스타크래프트 길드 회원 이백마흔한 명."

"난 1번, 할머니와 백구가 끌리는데, 할머니는 죽 드시고 백구는 사료 먹으면 가족이 아닐 수도 있어. 자고로 한솥밥을 먹어야 가족이랬으니까."

봉 피디가 말하자 다들 킥킥거렸다.

"본인들 생각이 중요한 거 아니겠어요? 본인들끼리 가족이라고 생각하면 가족으로 봐야 할 것 같은데요?"

수현 씨의 말에 다들 고개를 끄덕끄덕했다. 철수 씨가 내게 물었다.

"팀장님 생각도 같으세요?"

"글쎄…… 우리 할머니는 명절 때 자기를 보러 오면 가족이고 아니면 가족이 아니라고 생각하셨어. 묘하게도 난 그 기준이 옳다고 느꼈어."

"외로우셨나 봐요."

수현 씨가 말했다. 나는 할머니의 얼굴을 희미하게 떠올리며 중얼거렸다.

"그러셨을까?"

할머니는 내가 아홉 살 때 돌아가셨다. 사실 나는 할머니의 얼굴보다 할머니 방 문갑 위에 있던 사탕 병을 더 또렷이 기억한다. 친척 중 누군가가 외국에 출장을 나갔다가 사 온 것인데 둥근 유리병에 개, 고양이, 원숭이, 기린, 코끼리 같은 동물 모양 막대사탕이 가득 들어 있었다. 당숙 어른이 할머니께 집안일에 대해 상의하러 오던 날 할머니는 나를 끌어안으며 이렇게 말씀하셨다.

"아가, 이따가 당숙 아저씨가 오시거든 아저씨가 무슨 말씀을 하시나 잘 들으렴. 그럼 사탕 하나를 먹게 해 주마."

나는 할머니 옆에 꼭 붙어서 두 분이 나누는 대화에 열심히 귀를 기울였다. 당숙 어른은 내가 어린애라서 크게 신경을 쓰지 않으셨다.

당숙 어른이 돌아가시고 할머니가 내게 물으셨다.

"그래, 아저씨가 뭐라고 하셨는지 잘 들었니?"

나는 사탕 병을 바라보며 들은 대로 읊었다.

"그놈 자식 커서 뭐가 되려는지 아주 걱정돼 죽겠네요."

그러자 할머니는 아저씨가 앉아 있던 자리를 물끄러미 바라보시다가 이렇게 말씀하시는 것이었다.

"그래, 그렇게 말했지. 근데 아저씨는 아들이 자기 어렸을 때를 쏙 닮아서 키우는 게 재미있다는 말이 하고 싶었던 거야."

그러고 보니 아저씨는 걱정돼 죽겠다는 말씀을 하며 살짝 눈웃음을 지으셨던 것 같았다. 그때 난 처음으로 사람들이 하는 말을 곧이곧대로 들어서는 안 된다는 사실을 깨달았다. 할머니는 내가 틀린 답을 내놓아도 사탕을 주셨지만 그렇게 해서 얻은 사탕의 맛은 어쩐지 평범하게 느껴졌다. 나는 답을 맞혀서 정당하게 얻어낸 사탕 맛은 특별할 것이라고 생각하며 계속 도전을 했다. 덕분에 나는 내 머리 위로 오가는 대화 속에 사람들이 진짜로 하고 싶은 말이 뭘까 골똘히 생각하는 아이가 되었다. 그리고 그런 어린시절의 경험은 내가 광고쟁이로 성장하는 밑천이 되었다. 따지고 보면 광고라는 건 사람들의 숨겨진 마음에 말을 거는 일이니까 말이다.

갑자기 멀리서 철수 씨 목소리가 들렸다.

"팀장님? 듣고 계세요?"

"응? 아, 미안. 뭐라고 그랬지?"

회의 중에 딴생각을 하다니, 나도 참.

"가족에 대한 고정관념을 깨는 퀴즈를 내는 쪽으로 아이디어를 전개해 보는 게 어떨까요?"

"좋은 아이디어긴 한데 메시지가 제품과 연결이 안 되잖아. 신 부장이 요구하는 것과도 거리가 멀고."

다소 늘어진 분위기 속에서 그저 그런 아이디어 수십 개가 등장했다가 그대로 사장되었다. 여기저기서 탄식이 흘러나왔다. 다들 의욕이 꺾이는 눈치였다.

"이런 이야기가 도움이 될지 모르겠지만……"

봉 피디가 크고 굵은 손가락으로 넓은 이마를 문지르며 뜸을 들였다. 나는 봉 피디가 어머니 이야기를 꺼내려 한다는 걸 직감했다. 일 년에 열두 번씩 헤어스타일을 바꾸고 오토바이라면 사족을 못 쓰고 야한 농담을 곧잘 하는 봉 피디지만 어머니 이야기를 할 때만큼은 늘 진지했다.

"다들 아시다시피 나한테 가족이래 봐야 칠십 먹은 우리 노모 하나뿐이잖아……. 난 말이지 효도가 무지 하고 싶거든. 그런데 어머니 몸이 불편하시니 어디 구경 다니지도 못하고 뭐 드시고 싶냐고 물어도 통 말을 안 하시고 좋은 걸 사다 드려도 아낀다고 모셔만 두시니 속 터지더라고. 그런데 가만히 어머니를 지켜보니까 어머니가 바라는 게 효도가 아니더라. 어머니는 그저 드라마 보는 게 세상에서 제일 좋으신 거야. 그래서 어머니가 무슨 드라마를 좋아하시나 봤거든. 근데 그게 아주 뜻밖이더라고. 왜 그런 스토리 있지? 괜찮은 남자들이 여자 주인공 하나를 놓고 사랑 쟁탈전을 벌이는 그런 거. 그걸 아주 푹 빠져서 보시는데, 기분 참 이상하더라. 난 어머니 인생에서 내가 전부인 줄 알았거든. 그런데 그게 대단한 착각이었던 거야."

봉 피디는 진지하게 듣고 있는 동료들을 둘러보고는 배시시 웃으며 나가서 먹을 것을 사 오겠다고 했다. 그러고 보니 배가 출출했다. 봉 피디가 돌아오길 기다리는 동안 우린 잠시 쉬며 화장실에도 다녀오고 빈 커피잔을 다시 채워 오기도 했다.

나는 목이 뻐근해서 스트레칭을 하고 있었다. 주머니에서 핸드폰 진동이 울렸다. 꺼내어 보니 엄마였다. 나는 받을까 말까 고민하다가 봉 피디가 돌아온 것을 보고 핸드폰을 주머니에 도로 넣어버렸다.

봉 피디가 사 온 김밥을 먹으며 정 대리가 말했다.

"저는요, 어렸을 때 제가 고아였으면 좋겠다고 생각했어요. 막내 고모가 좀 짓궂으셔서 만날 저더러 한강 다리 밑에서 주워 온 아이라고 놀리셨거든요. 근데 그럴 때마다 제 머릿속에선 즐거운 상상의 나래가 펼쳐졌어요. 내 진짜 부모는 엄청난 갑부여서 일년 중에 절반은 배를 타고 세계일주 여행을 하는데 여행 도중에 실수로 아기 바구니를 바닷물에 떨어뜨렸고 그 바구니가 한강 다리 밑까지 떠내려 온 거라고요. 내 진짜 부모는 서로를 정말로 사랑하고 교양 있는 말만 쓰고 밤마다 손수건을 흥건히 적시며 잃어버린 아기를 그리워한다고 상상하면 그게 그렇게 즐거울 수가 없었어요. 근데 재미있는 건 말이죠, 현실 속의 부모님은 저를 아주 착하고 고지식한 아이라고 여기셨다는 거예요. 지금까지도 그렇게 믿고 계시고요."

"다 따로따로네요. 가족에 대해서 기대하고 꿈꾸는 게."

조용히 듣고만 있던 이수현 씨가 모범생처럼 정리를 했다. 그러자 철수 씨의 눈에서 반짝 빛이 났다.

"따로따로! 그거 맘에 드는데요? 가족 구성원 각자가 주인공인 연작 광고를 만들어 보면 어떨까요?"

새로운 물꼬가 트이는 기분이었다. 내 노트북에 성공적이었던 연작 광고 사례를 분석해 둔 자료가 있었다. 우리는 자료를 함께 보며 연작 광고가 노릴 수 있는 효과를 분석하고 그것을 우리 광고에 어떻게 적용시킬 수 있을지 궁리하기 시작했다. 엄마, 아빠, 딸, 아들. 이렇게 네 사람을 주인공으로 내세워 네 편의 연작 광고를 구성하면 가장 효과가 클 것이라 판단되었다. 소비자들이 넷 중에 어느 한 사람의 입장에 자신을 대입시켜 볼 수 있을 테니 말이다.

내가 박수를 치며 말했다.

"이제 틀은 잡혔고, 내용을 뭘로 채울지만 결정하면 되겠네요.

기운 차립시다!"

그런데 거기서부터 다시 진도가 안 나갔다. 아이디어는 끊이지 않고 나왔지만 건질 만한 게 없었다. 시계를 보니 더욱 끔찍하게 느껴졌다. 벌써 여섯 시간째 회의를 하고 있었던 것이다. 억누르던 신음소리가 곳곳에서 새어 나왔다. 다들 엉덩이가 배기고 허리도 아프다며 투덜댔다. 우리는 조금이라도 편한 자세를 찾으려 몸을 이리저리 기대었다. 그런 상태로 삼십 분 넘게 지지부진하게 같은 자리를 맴돌고 있는데 누군가의 입에서 구원의 말이 나왔다.

"이건 어때요? 핸드폰이라는 게 현대적인 소통의 도구잖아요. 소통 쪽에 초점을 맞춰서 풀어 보는 건 어떨까요?"

가슴이 뻥 뚫리는 기분이었다. 나는 침을 튀기며 칭찬을 했다.

"훌륭해! **'핸드폰으로 가족 간 소통의 차원이 달라진다'** 는 식으로 둘을 연결시키면 근사한 작품이 나올 것 같은데?"

그러자 분위기가 순식간에 역전되었다. 모두들 갑자기 천재가 된 것 같았다. 머릿속에 떠오르는 것들을 따발총처럼 뱉어낸다. 곳곳에서 폭발하는 아이디어들! 하나같이 훌륭하다. 나는 호흡을 가다듬는다. 이럴 때일수록 지휘자는 정신을 똑바로 차려야 한다. 같이 춤을 추면 맥을 짚어 내야 하는 팀장의 책임을 제대로 해낼 수 없기 때문이다. 바닥에 널린 보석 같은 아이디어들이 머릿속에서 하나로 이어질 듯 말 듯 했다. 이제 다 온 것 같은데, 관통하는 무언가를 찾아 폐기만 하면 될 것 같은데……. 그때 어디선가 핸드폰 진동 소리가 섞여 든다. 잡음이 계속되자 하나 둘 입을 다물고 자신의 핸드폰을 꺼내어 본다.

"내 건 아닌데?"

"내 전화도 아냐."

이런, 내 핸드폰이다. 핸드폰을 주머니에서 꺼내자 진동이 멈추었다. 또 엄마……. 미안하지만 지금은 통화를 할 수가 없다고 결론짓는다. 여기서 생각을 멈추면 실마리를 영영 놓쳐 버릴 것만 같은 조바심이 인다.

내가 핸드폰을 도로 주머니에 집어넣으려 하자 수현 씨가 걱정하듯 묻는다.

"아까부터 계속 울리는 것 같던데 전화해 보셔야 하는 거 아니에요?"

"나중에."

바로 그때 철수 씨가 하품을 참으며 이런 말을 했다.

"지금 하세요."

사람들은 보통 위대한 말을 해 놓고도 무심코 흘려보낸다. 하지만 오랫동안 광고계에 몸담고 있다 보면 위대한 말은 그 무게나 질감이 다르게 느껴진다. 철수 씨의 말을 들은 순간 어지럽게 흩어져 있던 것들이 한 줄로 꿰어졌다. 나는 용수철이 튀듯 의자에서 벌떡 일어나며 말했다.

"바로 그거야. 지금 하세요!"

나는 미친 사람처럼 소리치며 웃었다. 어리둥절한 얼굴로 나를 바라보던 팀원들의 얼굴에도 서서히 웃음이 번졌다.

〈지금 하세요〉 이것이 바로 우리가 제작할 광고 캠페인의 슬로건이었다. 우리는 슬로건을 뒷받침할 네 가지 에피소드를 추려 냈다. 귀가가 늦는 딸에게 어떤 문자를 보낼까 고민하는 엄마, 밤새 트럭을 운전하다가 딸이 보낸 따뜻한 메시지를 받고 힘을 내는 아빠, 공부하느라 지친 동생에게 익살스런 동영상과 노래를 보내 주는 다정한 누나, 부모님 결혼기념일에 잘 나온 성적표를 핸드폰으로 찍어 보내는 아들. 그다음부터는 일사천리로 일이 진행됐다. 스크립트는 깔끔하게 정리되었고 장면은 영리하게 구성되었다. 완성된 스토리보드에서는 반짝반짝 빛이 나는 것 같았다.

광고주는 우리가 제시한 안에 대해 무척 흡족해했다. 뭣보다 '지금 하세요' 라는 슬로건이 '선정적' 이어서 좋다나? 사회생활을 하다 보면 웃기는 일이 태반이다. 어쨌거나 나는 들뜬 기분을 주체하기가 힘들었다. 성취감! 그것은 나를 지금까지 달리게 한 원동력이었다.

그다음부터는 모든 것이 완벽하게 돌아가는 듯했다. 마두 쪽도 우리 요구에 호의적이었고 광고 시안 모니터 결과도 만족스러웠다. 단 한 가지 문제는 내가 성공의 기쁨에 취한 나머지 회사 생활 십계명 중 하나를 깜빡하고 말았다는 것이다.

한순간도 허점을 보이지 말지어다. 누군가는 함정을 파 놓고 기다리고 있을지니…….

'함정'의 실체는 며칠 후에 열린 제작회의 자리에서 드러났다. 신광호 부장이 아직도 파마기가 너무 센 내 머리를 보고 빙글빙글 웃다가 이렇게 말했다.

"예산도 빠듯한데 전문모델을 네 명씩이나 섭외하는 건 무리겠어. 두어 명 정도 전문모델이 아닌 일반인을 쓰면 다른 비용에서 숨통이 좀 트일 것 같은데……. 어때, 안 팀장? 엄마 역할 한번 해 보지 않겠어? 나이대도 그렇고 헤어스타일도 그렇고 내 생각엔 딱일 것 같은데."

당황스러웠지만 머뭇거리면 등을 떠밀릴까 봐 나는 똑 부러지게 거부 의사를 밝혔다.

"말도 안 돼요. 결혼도 안 한 제가 무슨 수로 엄마 역할을 해요?"

"한번 해 보세요, 팀장님. 연기 재밌어요. 정 걱정되시면 제가 도와 드릴게요. 저 대학에서 연기 공부 정말 열심히 했거든요."

"그럼 철수 씨가 해. 난 못 해."

스물여덟 살인 철수 씨는 두 살배기 아들을 둔 엄연한 아빠였지만 아빠 역할을 하기엔 어리고 아들 역할을 하기엔 너무 늙은 몸이라며 퇴짜를 맞았다. 마치 짠 것처럼 전 사원이 똘똘 뭉쳐 나에게 엄마 역할을 떠안기려 들었다.

"안 팀장이 하는 거다?"

신광호 부장이 못을 박듯 말하고는 다음 안건으로 넘어갔다. 속은 끓고 눈앞은 캄캄했다. 프로덕션 측에서 생각보다 높은 액수를 요구해 와서 싼 값에 모델로 서 줄 사람을 붙잡아 오긴 해야 할 판이었다.

온종일 벗어날 궁리만 하다가 문득 이러는 건 나답지 않다는 데 생각이 미쳤다.

'엄마 역할? 그까짓 게 뭐라고. 안지나가 못 해낼 일이 뭐가 있어? 이렇게 된 이상 내 역할을 완벽하게 소화하겠어!'

다음 날 나는 연극과 출신인 철수 씨에게 점심을 사며 연기에 대해 한 수 가르쳐 달라고 부탁했다.

"연기를 잘 하려면요, 팀장님이 입고 계신 갑옷부터 벗어던져야 돼요. 우리는 이미 내가 아닌 누군가를 연기하고 있거든요. 누군가의 딸, 누군가의 상사, 누군가의 타인……. 그런 역할 속에 가려진 진짜 자기 자신을 끄집어내야 해요. 그러지 않고 섣불리 인물 속에 몸을 구겨 넣으려 들면 인물은 찢어져 버리고 말 테니까요."

인물이 찢어진다……. 소름이 오싹 끼쳤다.

"그러곤 알몸으로 인물에게 다가가는 거죠. 인물과 아주 가까워졌을 때 정중히 부탁하세요. 제가 잠시 당신 자리에 서도 될까요? 인물이 허락한다면 그 자리에 서서 숨을 쉬는 거예요. 그게 바로 살아 있는 연기죠."

그 뒤로도 철수 씨는 알 듯 모를 듯한 연기 이론을 잔뜩 늘어놓았다. 그러다 내 표정을 보고는 뒤통수를 긁적이며 말했다.

"제 얘기 들으니까 더 모르시겠죠?"

나는 얼굴을 붉히며 고개를 끄덕거렸다.

"일단 팀장님이 연기해야 할 인물이 '엄마'니까 누군가의 엄마로 살아가는 사람들을 만나서 관찰해 보세요. 기왕이면 또래 중에서 찾는 게 도움이 될 거예요. 친구 분들 중에 결혼해서 아이 기르시는 분 하나쯤은 있으시죠?"

"친구? 아……!"

나는 퇴근 후 집에 들어오자마자 쓰레기통을 뒤졌다. 다행히 동창 모임 초대장이 아직 그대로 있었다. 나는 찢어진 부분을 맞추어 모임 날짜를 확인했다.

"살았다! 날짜가 아직 안 지났어."

이틀 뒤인 금요일 저녁 일곱 시, 나는 동창이 운영한다는 호프집 계단을 내려가고 있었다. 음악소리를 압도하는 여자들의 웃음소리에 나는 계단을 다 내려가기도 전에 이미 기가 질린 상태였다. 그런데 한 줄로 길게 이어 붙인 테이블에 내 또래 여자들만 주르륵 앉아 수다판을 벌이고 있는 모습이 보이자 못 올 곳에 왔다는 확신이 들었다. 얼른 뒤를 돌아 나가려고 하는데 등 뒤에서 이런 소리가 들렸다.

"어머, 지나야! 너 안지나 맞지?"

내가 뒤를 돌아 억지로 웃자 여자 둘이 뛰어나와 내 양 팔에 하나씩 팔짱을 끼고서 나를 자기네 테이블로 연행해 갔다.

"기집애, 이게 도대체 몇 년 만이니? 우리가 네 소식 얼마나 궁금해했는지 알아? 모임에도 생전 나오는 법이 없고. 너 그동안 정말 너무했어."

"너 광고회사 다닌다는 소문은 들었어. 팀장이라며? 일이 그렇게 바쁜 거야?"

쉴 새 없이 쏟아지는 질문세례에 겨우 한두 마디씩 주워섬기며 위기 아닌 위기를 모면하고 있는데 드디어 올 것이 왔다.

"근데 지나 넌 여전하구나? 피부 좋은 거 봐. 남편이 잘해 주니?"

내가 우물쭈물하자 누가 그 애의 옆구리를 쿡 찌른다. 그러곤

다 들리도록 "지나 아직 결혼 안 했잖아." 한다. 그러자 옆 테이블에서 끼어든 누군가.

"뭐 하다 여태? 낼모레면 마흔인데 서둘러야겠다, 애."

목청도 좋다! 동창생 전원이 한 가지 주제로 떠들기 시작한다. 누가 누가 친구 걱정 많이 해 주나 내기라도 하는 것 같다.

"뭐든지 어렵게 생각하면 한도 끝도 없는 법이야. 결혼 그거 별거 아니다. 더 나이 들기 전에 후딱 해치워 버려."

"눈이 높아서 그러니? 한쪽 눈 감고 아무 남자나 붙잡아. 살아 보면 사람 다 거기서 거기야."

"자식 키우는 재미는 또 얼마나 쏠쏠한데. 여자로 태어났으면 애는 낳아 봐야지."

기혼녀들이 친구 걱정을 가장해 근거 없는 우월감을 표출하고 있다. 짜증이 울컥 올라온다. 박차고 일어날까 하는데 저 멀리 테이블 끝에서 누가 취한 목소리로 주절거린다.

"뭐 어때? 능력 있으면 혼자 사는 것도 멋있잖아."

고맙군. 그런데 누구실까? 고개를 쭉 빼고 얼굴을 봤지만 기억이 가물가물하다.

어쨌거나 그 친구 덕분에 내 결혼 문제는 그쯤에서 일단락되었다. 이제 화제는 옆구리에 붙은 군살 걱정에서 건망증으로, 건망증에서 각종 노화현상으로 자연스레 옮겨 갔다. 나는 또다시 도마

위에 올라 난도질 당하는 신세가 될까 봐 한쪽 구석으로 피신해 맥주잔을 연거푸 비워 내며 동창들의 대화를 엿들었다. 언뜻 들으면 돈이 궁하다고 불평하는 것 같지만 따져 보면 남편 자랑이었고, 몸이 자꾸 아프다고 해서 그런가 보다 했더니 가족들에게 관심을 못 받는 게 서럽다는 한탄이었다. 나는 미로 같은 동창들의 마음속을 헤매다가 질려 버렸다.

'사람들은 이상해. 왜 마음을 그대로 말하지 않을까?'

또다시 할머니 생각이 났다. 어린 시절, 할머니가 주신 사탕을 먹다가 지금과 같은 물음을 던진 적이 있었다. 세상에서 가장 현명한 사람이었던 할머니는 이렇게 대답하셨다.

"아가, 그건 사람들이 자기 마음을 잘 몰라서야."

쉴 새 없이 떠들어 대는 동창들의 얼굴을 바라보며 나는 할머니의 사탕 맛을 그리워했다.

조금 뒤 누군가 벌떡 일어나며 "2차는 노래방!" 하고 외치자 동창들은 각자 자기 백을 챙겨 들고 호프집을 빠져나갔다. 남겨진 건 나와 나처럼 사는 것도 멋있다고 말해 준 한 친구. 나는 그 친구 곁으로 가서 앉았다. 의자에 상체를 삐딱하게 기댄 채 딸꾹질을 하고 있는 걸로 보아 친구는 술기운이 제법 오른 모양이었다. 친구는 잔에 남은 맥주를 쭉 들이켜고는 조금 전까지 동창생들이 차지하고 앉았던 빈 의자들을 눈으로 훑으며 이렇게 중얼거렸다.

"불쌍한 년들······."

"술 많이 마셨니?"

내 물음에 그 애는 그저 흐흐, 하고 바보같이 웃을 뿐이었다. 나는 호프집에서 흘러나오는 통기타 음악을 들으며 맥주를 마시다가 입을 열었다.

"결혼할 뻔한 사람이 있었어."

"그래?"

"그 사람네 집에 인사도 드리러 갔었어. 집안이 너무 조용해서 조금 숨이 막힌다고 생각하며 식사를 했던 것 같아."

나는 이런 소릴 내가 왜 할까 생각하면서도 계속 이야기했다.

"식사가 끝나고 시어머니 되실 분이 차와 함께 고급 과자를 내놓으셨어. 그런데 그 사람 할머니 말야······ 다른 식구들에게 과자를 덜어 주시고는 당신은 생각이 없다고 안 드시는 거야. 그때는 그냥 그러려니 했는데 얼마 뒤에 손자가 먹던 과자 접시를 가져가시더니 아깝다면서 접시에 남은 부스러기를 싹싹 긁어서 드시더라고. 나는 조금 놀라서 그 사람 얼굴을 봤거든. 그런데 그 사람은 그걸 너무 당연하게 보고 있는 거야. 아니, 오히려 할머니의 그런 행동에 감동하는 것 같았어. 그 순간 그 사람이 너무너무 싫어지더라. 그 사람이 나를 자기 할머니처럼 만들어 놓을까 봐 겁이 났어."

친구가 고개를 끄덕끄덕하며 듣다가 갑자기 숨을 후, 하고 내쉬며 말했다.

"나 토할 것 같아."

나는 그 친구를 화장실로 부축해 가서 등을 두들겨 주었다.

"어머니는 건강하시니?"

호프집을 나와 택시를 기다리고 있는데 친구가 물었다. 바깥 공기를 쐬니 정신이 좀 드는 모양이었다.

"우리 엄마? 아, 응, 뭐……."

"요즘도 손발이 많이 차다고 하셔?"

"어, 그랬나? 아마 아닐걸?"

내가 건성으로 대답하는 것이 몹시 짜증난다는 듯 친구가 얼굴을 확 찡그렸다.

"너 말야, 어머니께 전화는 자주 드리니?"

간섭 받는 기분이 들어 대답을 안 하고 있는데 친구가 계속 말했다.

"어머니께 좀 잘해 드려. 남편 일찍 여의고 혼자서 얼마나 외로우시겠니?"

우리 아빠 일찍 돌아가신 걸 얘가 어떻게 알지?

"시간 나실 때 내가 하는 한의원에 들르시라고 전해 줘. 내가 진맥해 드릴게."

"알았어. 근데 너 한의원 해?"

나는 친구를 아래위로 훑어봤다. 어떻게 우리 엄마에 대해서 이렇게 아는 척을 할 수 있는 건지 갑자기 궁금해졌다. 그러고 보니 나는 아직 이 친구의 이름도 몰랐다. 이름을 기억해 내려 애를 써 보았지만 암만해도 기억이 나질 않았다.

택시가 우리 앞에 서자 마음이 급해진 나는 재빨리 친구에게 물었다.

"정말 미안한데, 나 네 이름이 기억이 안 나. 이름이 뭐였지?"

그 친구는 열린 택시 문에 기대어 한참 동안 내 얼굴을 들여다보다가 툭하고 내뱉었다.

"나쁜 년."

그 애가 탄 택시가 멀어지는 모습을 보며, 나는 멍하니 서 있었다. 마흔 명 가까이 되는 동창생들을 만났건만 아무도 만나지 못한 것 같은 기분이 들었다.

한 시간쯤 길거리를 쏘다니다가 내 오피스텔로 방향을 돌렸다. 뜨거운 물을 받아 목욕이라도 해야겠다고 생각하며 엘리베이터에서 내리는데 현관문 앞에 누군가가 초조한 듯 서 있는 것이 보였다. 더럭 겁이 났다. 이 밤중에 누구지? 찬찬히 살펴보니 추리닝에 점퍼 차림을 한 남자애다. 그 애는 나를 보고는 고개를 푹 떨어뜨렸다.

"이모……."

날더러 이모라면 재하 아니면 재형이라는 얘긴데……. 쌍둥이인 두 아이는 늘 헷갈렸다.

"어, 너…… 재하니, 재형이니?"

"……재하."

"왜 여기서 이러고 있어?"

"……."

순간 난 재하의 표정에서 모든 걸 눈치챌 수 있었다. 애가 집을 나왔구나. 갑자기 피로가 몰려왔다. 나는 말없이 열쇠로 문을 열었다. 재하가 따라 들어오려고 하는 걸 내가 막아섰다.

"집에 가라."

나는 문을 닫고 자물쇠를 채워 버렸다. 재하가 문을 두드렸다.

"이모, 이모오오~"

나는 무시하고 욕실로 들어가 뜨거운 물을 욕조에 받았다. 욕조 턱에 걸터앉아서 물 떨어지는 소리를 듣고 있으니 오래된 기억 한 조각이 떠올랐다.

"삼촌, 삼초오온~"

훈이 삼촌은 나를 오래 기다리게 하지 않았다. 내가 현관문을 두어 번 발로 쾅쾅 차니까 못 이기고 다시 문을 열어 주었다. 그때 훈이 삼촌은 결혼한 지 한 달도 채 안 된 새신랑이었는데 숙모 눈치를 보며 스물아홉 살이나 먹은, 다 큰 조카에게 밥을 볶아 주었다. 나는 밥을 꾸역꾸역 먹으며 분에 겨운 목소리로 말했다.

"나 집 나올 거야. 엄마가 날 너무 못살게 굴잖아. 진주 언니 시집 보내고 나니까 이젠 나를 못 치워 버려서 안달인 거 있지. 글쎄 엄마가 뭐라는 줄 알아? 친척들 볼 낯이 없대. 엄마 체면 때문에 결혼하라는 거야 뭐야? 그게 말이 돼? 우리 엄만 왜 그렇게 구식인지 모르겠어. 내 친구 엄마들은 시집가지 말고 엄마랑 같이 살자고 그런다던데. 나 방 구할 때까지만 삼촌 집에서 신세 좀 질게."

훈이 삼촌은 군말 않고 좁은 신혼집에 다 큰 조카를 받아들여 주었다. 나는 어쩌면 그렇게 철이 없었는지 여섯 달 넘게 삼촌 집에 눌러앉아서 숙모가 차려 주는 밥을 먹었다. 그러다 지금의 이 오피스텔 방을 얻어서 나온 것이다. 지금 생각하면 얼굴이 다 화끈거리는 과거다.

나는 내가 집을 나온 날 삼촌이 볶아 준 따뜻하고 고소했던 밥맛을 떠올리며 현관문을 열었다. 복도에 쪼그리고 앉아 있던 재하가 고개를 들었다.

나는 반찬통에 남은 김치 몇 조각과 냉동실에 얼려 놓은 고기 부스러기, 그리고 편의점에서 사 온 계란을 넣고 후닥닥 볶음밥을 만들어 재하에게 먹였다. 먹는 모습을 지켜보고 있자니 언니가 재하와 재형이 형제를 갓 낳아 보여 줬을 때 생각이 났다. 어릴 때 얼굴이 남아 있긴 했지만 하얗고 통통한 얼굴에 거뭇거뭇한 수염 자국이 생겨 있었다.

'아이들은 정말 빨리 자라는구나……'

배불리 먹여 놓고는 집을 나온 사연을 살살 캤더니 뜻밖에도 핸드폰 때문이라는 이야기가 나왔다. 게다가 이 귀여운 녀석, 재하가 아니라 재형이라고 털어놓는 게 아닌가. 일란성 쌍둥이인 녀석들은 얼굴 생김새나 체격, 목소리는 물론이고 엄지손가락에 있는 작은 점이나 무심히 있을 때 입술을 살짝 내밀고 있는 모양까지도 비슷해서 바꿔치기를 하면 감쪽같이 속을 수밖에 없었다. 나는 싱긋 웃으며 재형이가 거절하지 못할 제안을 했다.

촬영 당일, 많은 인원이 움직이는 데다 차까지 막히는 바람에 우리는 양수리에 있는 세트장에 삼십 분쯤 늦게 도착했다. 그런데 현장 분위기가 심상치 않았다. 소품 담당자가 촬영감독에게 눈물이 쏙 빠지도록 혼이 나고 있었다. 감독의 말인즉슨, 식탁이 너무 고급이라 부잣집처럼 보인다는 것이었다. 엄마 편 광고의 마지막 장면에 엄마가 딸과 함께 식탁에 마주 앉아서 고구마를 먹는 장면이 있는데, 이 집이 물질적으로 풍족해 보이면 엄마와 딸의 사랑이 덜 순수해 보일 것이라는 설명이었다. 정말 식탁 모서리에 금박 장식이 붙어 있는 데다 식탁 의자 등받이에도 섬세하게 조각이 들어가 있어서 중산층 가정의 이미지에는 어울리지 않는 물건이었다. 어쨌거나 식탁 모서리의 금박은 식탁보를 덮어서 가리고 식탁 의자는 근처 식당에서 의자를 빌려와 그 문제는 일단락되었다.

조감독이 콘티 최종본을 내게 건네주었다.

#1. 엄마가 귀가가 늦는 딸에게 문자를 보내고 있다.
계집애가 어째 나가면
시간 가는 줄을 몰라?
빨리 안 들어와?
☐☐☐☐☐☐☐☐☐☐ 답장 받을 확률 0%

#2. 지우고 다시 쓴다.
지금이 도대체 몇 시니?
너 올 때까지 안 자고
기다릴 거니까 알아서 해.
■■☐☐☐☐☐☐☐☐ 답장 받을 확률 20%

#3. 한숨 쉬고 지운 다음 다시 쓴다.
너 지금 엄마

인내심 테스트하니?

이거 보면 당장 전화해라!

■■■■□□□□□ 답장 받을 확률 50%

#4. 이번에도 도리질을 하며 지운다. 조금 고민한 뒤에 다시 쓴다.

사랑하는 딸~

맛있는 고구마 쪄 놨다.

따뜻할 때 먹이고 싶은데 어디니?

■■■■■■■■■■ 답장 받을 확률 100%까지 꽉 찬다.

#5. 어느 정도 밝아졌지만 그래도 뭔가 부족한 표정. 뭔가 깨달은 듯 "아!" 하고는 내용 사이사이에 하트를 뽕뽕 찍는다. 그러자 확률 상승!

사랑하는 딸~♥♥

맛있는 고구마 쪄 놨다.

따뜻할 때 먹이고 싶은데 어디니?

■■■■■■■■■■■■ 답장 받을 확률 120%까지 올라간다.

#6. 엄마는 그제야 기대에 찬 표정으로 전송 버튼을 꾹 누른다.

#7. 딸에게서 곧바로 답장이 온다.

지금 갈게요.

엄마 사랑해요~♥♥

-이쁜 딸래미

#8. 엄마 만족스러운 표정으로 딸의 문자가 찍힌 핸드폰을 가슴에 댄다.

성우 내레이션 : "지금 하세요."

#9. 따끈한 고구마를 같이 먹는 딸과 엄마

자막 처리 : 1인치 넓어진 화면으로 더 넓은 사랑을…… 가족폰

마지막 장면에서 자막으로 처리할 문장이 확정되지 못하고 오락가락했는데 흠잡을 곳 없이 다듬어져 있었다. 이제 문제는 내 연기였다. 가뜩이나 처음인 연기가 어색해 죽겠는데 회사 사람들까지 전부 구경을 와서 부담감은 배가 되었다. 내가 NG를 낼 때마다 신 부장이 약을 올렸다.

"안 팀장, 잘 좀 해 봐."

촬영감독은 프로였다. 신 부장 때문에 붉으락푸르락해진 내 얼

굴을 보고 감독은 신 부장을 세트장 밖으로 내쫓았다.

"자, 지나 씨, 지금 의상이나 헤어 모두 엄마 그 자체거든요. 카메라만 의식하지 않으면 돼요. 오케이?"

내가 고개를 끄덕이자 감독이 조명과 앵글을 점검하더니 "레디, 액션!"을 외쳤다.

나는 핸드폰으로 문자를 보내는 척했다. 감독이 못마땅한 표정으로 콘티 북을 돌돌 말아 쥐고는 휘휘 흔들었다.

"NG, NG!"

첫 장면에서만 벌써 열세 번째 NG였다. 감독이 머리털을 쥐어뜯으며 잠시 쉬자고 제안했다. 숨어 버리고 싶은 마음이 간절했다. 봉 피디가 스텝들의 눈치를 살피며 내게 다가왔다.

"팀장님, 어려운 점이 있으면 제게 말씀하세요. 제가 감독한테 이야기해서 개선해 보도록 할게요."

"저기, 현장이 너무 어수선해서 집중을 못 하겠어."

"그럼 최소한의 스텝만 남겨 놓고 모두 내보내라고 할게요."

봉 피디가 쓸데없는 구경꾼들을 깨끗이 치워 주었다. 마음이 다소 편해졌지만 촬영에 들어가자 또다시 NG 연발이었다.

감독이 스텝들과 수군거리더니 내게 물었다.

"지나 씨, 혹시 딸이 있어요?"

나는 이상한 질문이라고 생각하며 도리질을 했다.

"그럼 부모님은요?"

"아버지는 돌아가셨고 어머니가 계세요. 왜 그런 걸 물으세요?"

"지나 씨 표정이 지금 너무 부자연스러워서 그래요. 이렇게 해 보면 어떨까요? 저희는 없다고 생각하시고 어머니와 편하게 문자를 주고받으세요. 그러면 저희가 알아서 찍겠습니다. 그래도 괜찮겠지요?"

"아, 네……."

대답은 했지만 난감했다. 나는 여태껏 엄마에게 전화 드리는 것을 미뤄 왔던 것이다. 이런 상황에서 엄마에게 뭐라고 문자를 보내야 할지 막막했다.

"자, 촬영 들어갑니다. 제가 '컷'을 외치기 전에는 절대 카메라 보시면 안 됩니다. 아시겠죠?"

"네."

감독의 '액션' 사인이 떨어지자 촬영장은 순식간에 쥐죽은 듯 조용해졌다. 뜨거운 조명 아래서 나는 식은땀을 흘렸다.

나는 핸드폰을 들여다보며 한참을 고민한 끝에 엄마에게 이렇게 문자를 보냈다.

엄마 지금 뭐 하세요? 계속 전화하셨죠?

한참을 기다렸지만 엄마에게선 답장이 없었다. 감독 쪽 눈치를 살피고 싶었지만 고개를 들면 안 될 것 같았다. 잠잠한 것을 보면 계속 문자를 보내라는 신호 같았다. 그때 불현듯 엄마가 문자 보내는 법을 모를 수도 있다는 데에 생각이 미쳤다. 낭패다 싶었는데 엄마에게서 답장이 왔다.

그냥 궁금해서 전화했어. 지금 빨래개고 잇다.

엄마 문자 보낼 줄 아셨어요?

앞집 선미 엄마한테 배?다. 그런데 좀 느려. 상내읍 상시옷도 못하게고.

슬며시 웃음이 나왔다. 전화통화를 할 때와는 사뭇 다른 느낌이었다. 전화로는 만날 똑같은 소리만 들어야 했다. 밥 좀 잘 챙겨 먹어라. 술 많이 마시지 마라. 일은 적당히 해라. 요즘은 만나는 사람 없니, 집에 들러서 김치 가져가라……. 그런데 문자로는 대화가 전혀 다른 방향으로 흘러갔다. 마치 한 번도 밖으로 꺼내어 본 적 없는 엄마의 안쪽 살갗이 내 팔에 닿은 것처럼, 낯설지만 계속 닿고 싶은 기분이 들었다.

ㅋ~ 우리 엄마 신식 엄마네? 문자도 하고.

새로운 걸 자구 배워야 되게어. 사는 게 익숙해지니까 재미가 없네.

뭐가 배우고 싶은데요?

피아노 배우고 시퍼어

나는 촬영이 끝나면 당장 피아노부터 주문해 드려야겠다고 생각했다.

근데 어제 저녁에 니 고등학교 친구 수정이 있잖니 수정이한테서 전화 왔더라.

맞다, 수정이! 나는 그제야 그 친구의 이름이 생각났다.

네 번호 몰라서 옛날 수첩 뒤져서 여기로 전화했더라.
자기가 술이 많이 취했었는데 네가 택시 태워 보내줬었다고 고맙다더라.

난 수정이 이름 까먹었는데 엄만 수정이 어떻게 기억해?

기억 안 나? 너 옛날에 이마 주 찢어젓을 2대 수정이가 너 우리집가지 업고 왓잖아
내 자식 구해준 아이이름을 어떠흥게 잇을 수 잇겟어
지금은 종로에서 한의원한다더라 잘댓지 뭐니

수정이에 대한 기억이 하나둘 되살아나기 시작했다. 이십 년 전, 아끼는 흰 옷에 피가 묻는 것도 아랑곳하지 않고 다친 나를 업고 학교에서 우리 집까지 뛴 수정이. 가끔 우리 집에 놀러와서 엄마 다리를 주물러 드리고 용돈을 받아갔던 수정이. 대학에 합격했지만 재수를 하는 친구가 속상할까 봐 나 합격할 때까지 엠티도 안 가고 미팅에도 나가지 않았던 수정이. 그리고 며칠 전에는 날더러 나쁜 년이라고 했던 수정이……. 나는 수정이에게 들은 말을 떠올리고는 엄마에게 물었다.

엄마, 요즘도 손발이 차요?

조금 찬데 괜찮아 나이 들어서 그럴지 뭐

'그렇구나. 엄마는 손발이 차구나······.'

내 기억 속의 희미한 존재였던 수정이가 나보다 엄마를 더 잘 알고 있었다니. 기분이 이상했다. 엄마는 걱정을 끼칠까 봐 딸에게는 말하지 못하고 딸 친구에게만 살짝 말을 했겠지. 그걸 수정이는 참 오랫동안 기억했구나. 친구의 엄마를 걱정하는 수정이와 자기 딸만 걱정하는 엄마와 오로지 내 걱정만 하는 나······.

세 사람의 묘한 삼각관계에 대해 생각하고 있는데 감독의 "컷!" 소리가 들렸다.

"좋았어! 지나 씨, 정말 잘했어요. 다음 장면으로 넘어갑시다."

스텝들이 다음 장면 촬영 준비를 하는 동안 나는 엄마에게 문자를 보냈다.

엄마, 엄마한테 나는 뭐유?

엄마는 한참 후에 이런 문자를 보냈다.

뭐긴 뭐야 넌 내가 쓸 수 없는 한 글자야 ㅋㅋ

촬영 내내 나는 엄마의 수수께끼 같은 문자에 대해 생각했다.

'엄마가 쓸 수 없는 한 글자?'

105

그러다 촬영이 끝날 즈음에야 깨달았다. 딸. 문자로 쌍디귿 쓰는 법을 모르는 엄마에게 내가 얼마나 표현하기 어려운 사람인지를. 눈가에서 열이 뭉근히 올라왔다.

엄마, 앞으로는 엄마가 쓸 수 있는 한 글자가 되어 볼게요. 오늘 저녁 같이 먹어요.

나는 전송 단추를 꾹 눌렀다.

그렇게 우여곡절을 겪으며 완성된 우리 광고는 무사히 심의를 통과하고 TV에 방영되었다. 방송이 나가고 얼마 후 쌈박기획 회의실 게시판에는 다음과 같은 신문 기사가 붙었다.

[연말 특집 기획] 바야흐로 가족이 뜬다.
요즘 한 광고가 화제다. 마두테크놀로지의 새 모델인 가족폰 광고가 그것이다. 아빠, 엄마, 아들, 딸, 네 가족이 각각 주인공인 이 연작 광고는 가족들이 일상적인 소통에서 핸드폰을 어떻게 이용하고 있는지 현실적으로 보여 주고 있어 공감하기 쉽다는 의견이다.
늘푸른신문에서는 연말특집으로 이 비범하고 감동적인 광고를 만들어 낸 쌈박기획 사람들을 직접 만나 보았다. 그들이 광고 인생의 정점을 치열하게 살아가는 모습들은 그들이 만들어 낸 광고보다 감동적이었다.

쌈박기획, 회사 이름이 특이한데요. 무슨 뜻인가요?

김정길 (56 쌈박기획 대표) : 쌈박한 아이디어 많이 내라고, 쌈박한 회사가 되자고 제가 고심하여 지은 이름입니다. 솔직히 초창기엔 이름을 잘못 지었나 싶어 후회도 많이 했습니다. 직원들이 회의 때마다 하도 쌈박질을 해서 이게 다 회사 이름 때문인가 보다고 우스갯소리를 하기도 했으니까요. 하하. 그런데 다툼이 그렇게 나쁜 것 같진 않아요. 회사라는 게 각자 개성도 다르고 가치관도 다른 사람들이 모인 집단인데 너무 의견이 착착 맞아 돌아가는 것도 영 수상한 거거든요. 저는 직원들이 하고 싶은 말을 모두 할 수 있도록 회사 분위기를 자유롭고 편안하게 만들려고 애쓰고 있습니다.

이번 가족폰 광고가 본인의 이력에서 어느 정도의 비중을 차지한다고 생각하십니까?

신광호 (42 AE(account executive)) : 아마도 한동안 제 이력서의 둘째 줄에 이 가족폰 광고가 들어갈 것 같습니다.

둘째 줄이요? 그럼 첫째 줄엔 어떤 이력이 들어가나요?

신광호 : 첫째 줄은 꿈을 위해 비워 둘 겁니다. 저는 사실 광고인이 꿈은 아니었습니다. 시인이 되고 싶었죠. 그 꿈을 이루기 위해 매일 새벽 회사에 출근

하기 전에 시를 한 수씩 쓰고 있습니다. 언젠가는 시집을 펴내고 싶어요.

가족폰 광고로 인해 실제로 가족 간의 통화량이 증가했다고 합니다. 기분이 어떠십니까?

안지나 (39 CD(creative director)) : 그런 게 바로 광고의 힘이겠지요. 그 광고로 인해 저 자신도 바뀌었으니까요. 힘이 크니까 늘 조심해야 한다고 생각합니다.

직접 광고에 출연까지 하셨지요? 광고를 본 가족들의 반응은 어떻던가요?

안지나 : 저희 엄마는 광고를 녹화해 놓고 하루에도 몇 번씩 보시는 것 같더라고요. 집에 누가 놀러 와도 틀어서 보여 주시고…… 후후. 저를 이렇게 자존심 강하고 독립적인 멋진 인간으로 길러 주셔서 감사하다는 말씀을 엄마께 전해 드리고 싶어요. 이제는 제가 엄마를 도와 드릴 차례가 된 것 같아요. 요즘 엄마는 자신이 뭘 좋아하는지 어떤 일을 할 때 행복한지 일종의 자아 찾기에 도전하고 계신데 같은 여자로서 엄마를 응원할 생각입니다.

단편영화 감독으로도 유명하신데 요즘 혹시 구상하고 계신 작품이 있다면 어떤 내용인지 살짝 공개해 주실 수 있을까요?

봉남태 (37 프로듀서) : 나이가 아주 많은, 한 일흔 살쯤 된 팜므파탈 이야기를 생각하고 있습니다. 세상 모든 남자들을 울리는 그런 치명적인 매력을 가진 여자 이야기요.

하하! 아주 독특한 소재인데요. 어디서 아이디어를 얻으셨나요?

봉남태 : 저희 어머니가 드라마를 엄청 좋아하시는데 TV에선 젊은 사람들 얘기만 나오는 게 불만이신 모양이더라고요. 뜨끔했죠. 저도 그동안 영화를 만들면서 나이 든 사람들을 소외시켜 왔으니까요. 저희 어머니가 재미있게 보실 만한 영화를 생각하다 보니까 그런 독특한 이야기가 떠올랐습니다.

초면에 실례인 줄은 압니다만 도저히 그냥 넘길 수가 없네요. 잘생기신 거 본인도 아십니까?

정은규 (34 디자이너) : 인정하는 것 같아 쑥스럽지만, 어려서부터 부잣집 아들 같다는 얘기는 많이 들었어요. 물론 저희 부모님은 부자가 아닙니다. 부모님과 닮은 구석이 없어서 어렸을 땐 주워 온 자식이 아닌가 의심도 많이 받았지요.

부자는 아니어도 화목한 가정이겠지요? 광고에 나오는 가족처럼요.

정은규 : 아마도 그럴 겁니다. 얼마 전 아주 재미있는 일이 있었어요. 집에 전화를 걸었는데 어머니가 너무나도 자연스러운 목소리로 '오빠야?' 하며 전화를 받으시는 겁니다. 어머니에게 애인이라도 생긴 건가 싶어서 놀랐는데 알고 보니 어머니가 아버지를 '오빠'라고 부르고 계셨더라고요. 자식들이나

친척들 앞에선 부끄럽다고 단둘이 계실 때만 그렇게 부르셨다고 해요. 두 분 사이가 늘 평행선을 달리는 줄 알았는데 단단한 매듭이 숨겨져 있었던 거죠. 즐거운 충격이었습니다.

안지나 팀장님께서 철수 씨를 '언어의 마술사'라고 칭찬하시던데요, 자기 자신을 광고하는 카피를 쓰신다면?

박철수 (28 카피라이터) : 제 사진을 놓고 그 옆에 이런 문구를 써 놓을 겁니다. '죄송합니다. 이 물건은 팔려고 내놓은 물건이 아닙니다.'

인턴십 기간을 무사히 마치고 정식 직원으로 채용되셨다고 들었습니다. 축하드립니다. 광고회사에 취업을 꿈꾸는 학생들에게 조언 한 말씀 부탁드립니다.

이수현 (25 디자이너) : 실제로 학생들이 회사 대표 메일로 질문을 많이 보내요. 광고회사에 들어가고 싶은데 어느 대학 어느 과가 유리한지, 토익 점수는 몇 점이나 돼야 하는지 같은 질문들이요. 물론 좋은 대학 출신에 영어를 잘하는 것이 광고회사에 들어오는 데 전혀 도움이 안 된다고는 말 못해요. 자본이 쏠리는 곳이 광고계인지라 수재들을 유치하려 회사들끼리도 치열한 경쟁을 벌이니까요. 하지만 점수나 학교가 좋아서 광고계에 입문했더라도 창의성이 남들보다 떨어지면 오래 못 가더라고요. 좋은 광고를 못 내놓으니까요. 정말로 광고인이 되고 싶다면 일단은 경험을 많이 쌓으라는 말을 해 주고 싶어요. 맛있는 것도 많이 먹고 맛없는 것도 많이 먹고 여행도 다니고 다양한 사람들을 만나는 거죠. 그리고 광고라는 게 결국은 오감을 자극하는 총체적인 예술이니까 연극, 영화, 만화, 미술, 음악, 무용 등과 같은 예술을 두루 접하고 무엇보다도 책을 많이 읽는 것이 도움이 될 겁니다.

기사가 나간 이후로 쌈박기획은 굵직한 계약을 네 건이나 성사시켰다.
그리고 찾아든 이듬해, 나는 마흔 살이 되었다. 마흔 살이 된 첫날 나는 엄마네 집에서 든든하게 떡국을 먹고 회사에 출근했다. 회사가 갑자기 잘나가게 되니까 휴일에도 처리해야 할 업무가 태산이었다. 너무 일찍 출근한 탓에 건물 문은 닫혀 있었다. 나는 건물 관리인 아저씨를 깨워 문을 열고 들어와서는 불을 켜고 난방을 틀었다. 동료들을 위해 집에서 갈아온 원두를 커피메이커에 넣고 커피를 내렸다. 내 책상 위에 어수선하게 널려 있던 것들을 정돈하고 걸레를 빨아 와 책상을 닦다가 나는 문득 내 마음의 소리를 들었다.
'나는 줄곧 깨금발을 딛고 높은 곳을 향해 손을 뻗고 있었구나. 그래서 앞으로 혹은 뒤로 넘어질까 봐 무척이나 겁을 냈구나. 난 혼자니까 모든 걸 잘 해내지 않으면 안 된다고 생각했지. 모르는 게 있어서도 안 되었고 아파서도, 지쳐서도 안 되었어. 외로움은 나약한 것, 나와는 상관없는 것이라고 믿어 버렸지. 하지만 외로운 사람들이 자꾸만 눈에 밟히는 것은 왜일까. 엄마의 마음이 곧 내 마음인 것처럼 느껴지는 것은 왜일까……. 어쩌면 나는 이제껏 엉뚱한 곳을 향해 손을 뻗고 있었던 게 아닐까?'

나는 가만히 두 손을 내려다보다가 핸드폰으로 손을 뻗었다. 조금 전까지 엄마와 함께 있었지만 지금 꼭 하지 않으면 안 될 말이 있었다. 유리창으로 들어온 빛이 문자를 보내는 손가락 끝에서 빛났다. 아직 이른 아침이었고 냉기로 차 있던 사무실에 진한 커피 향이 퍼지고 있었다.

📞 작가의 말

편집자가 '가족'이라는 주제로 뭔가 새롭고 괜찮은 책을 만들어 보자며 이메일을 보낸 게 2009년 1월 15일 새벽의 일이다. 앞뒤 재지 않고 "재미있겠다!"며 흥분한 채로 뛰어들었지만 녹록치 않은 작업이었다. 작가 넷이서 가족 구성원의 입장을 하나씩 맡기로 했는데 나는 엄마, 아빠, 딸, 아들, 네 사람 다 욕심이 나서 어느 하나를 고를 수가 없었다. 결국 다른 작가들이 고르고 남은 것을 하기로 했다. 엄마가 가장 인기가 없었다. (불쌍한 엄마들!)

그렇게 운명적(?)으로 엄마라는 테마를 맡게 되었지만 형상화는 무척이나 더디게 이루어졌다. 공동작업이다 보니 자기 인물을 다른 작가들에게 생생히 소개할 수 있어야 했고 사소한 설정도 서로 공유하고 간섭해야 했는데 안지나라는 인물이 내게서 등을 돌리고 통 얼굴을 보여 주지 않았다. 어디서부터 손을 대야 할지 몰랐다. 처음 몇 달간은

피가 말랐다. 나 때문에 책이 되지 못할 수도 있다고 생각하면 잠이 오지 않았다.

그렇게 스스로를 들들 볶다가 내가 좋아하는 것에서부터 차근차근 실마리를 풀어 보기로 했다. 네 명의 주인공이 광고로 엮인다는 설정 정도만 있는 상황이었다. 광고회사 이름부터 지어 보기로 했다. (나는 이름 짓기를 좋아한다.) 뭐 쌈박한 이름 없을까 고민하며 낙서하다가, 쌈박? 쌈박 괜찮네. 쌈박! 이렇게 단순한 연상과정을 거쳐 지어진 게 쌈박기획이었다. 이름이 지어지니까 회사 분위기를 쉽게 떠올릴 수 있었다. 그리고 그 안에서 치열하게 일하는 내 주인공의 모습도 쉽게 떠올릴 수 있었다. 그 모습을 잊을까 봐 노심초사하며 메모하고 자주 머릿속에 그려 보았다.

그렇게 첫 발은 뗄 수 있었지만 그 이후의 과정이 술술 풀린 것은 아니다. 실제 작품에서 드러날지 알 수 없지만 안지나라는 사람의 모든 것을 알지 못하면 한 줄도 쓸 수 없을 것 같은 기분이 들었다. 가족사항, 가치관, 광고계에서 쌓은 이력, 광고팀 동료들의 이름과 직급까지. 나는 그녀에 대한 정보를 무식하게 수집했다. 그리고 그 두께를 바라보며 한동안 이 일에 대해서 잊어 보려 노력했다. 무작정 기다렸다. 이제는 쓸 수 있겠다는 생각이 어느 날 갑자기 찾아들 때까지. 결국 2009년 11월 21일, 그러니까 처음 구상에 대한 이야기가 오가고 10개월이 훌쩍 지난 후에야 완성된 원고를 넘길 수 있었다.

실패에 대한 불안감이 늘 따라다녔지만 작가들과 어울리는 과정에서 뭔가 배울 게 있을 거라 생각하고 오기로 버텼는데 보람이 있었다. 그들의 개성적인 언어, 리얼리티의 힘, 완벽하지 않은 인간을 이해하고 사랑하게 만드는 솜씨, 지적인 생략, 성실함, 넉넉함, 겸손함…… 혼자 끙끙 앓던 부분의 답을 얻기도 했지만 시선이 미치지 못하던 부분에서 낯선 질문을 얻기도 했다. 그러나 그들과 나 사이에 여전히 어떤 거리로 남아 있는 부분도 있다. 나 자신을 더 드러내지 못한 아쉬움이 있지만 어쨌거나 작가들과의 교류는 일상 속 이웃들과 친해지는 것과는 또 다른 경험일 수밖에 없는 것 같다. 한 사람 한 사람이 자기만의 세계를 가지고 있으며 그것은 쉽게 침범할 수 없는 것이기에. 그 미지의 세계를 문틈으로 살짝살짝 보여 줬던 시간들이 소중하기만 하다. 나에게 기회를 주신 최윤정 선생님, 그리고 미성숙한 나를 따뜻하게 감싸 주신 김해원, 김혜연, 임어진 선생님께 고맙다는 말씀을 꼭 전하고 싶다.

이 책이 바람의아이들이 펴낸 백 번째 책이 될 거라고 한다. 그러니까 이건 백 번째 바람인 셈이다. 이 바람이 어디로 불어갈지, 누구의 마음에 파동을 일으킬지 나는 모른다. 그저 바람들은 언제나 자유롭기를…… 바람. 간절히 바람.

임태희

잠잘 때 재미있는 꿈을 많이 꿉니다. 꿈에 어떤 일이 벌어질지 궁금해서 '조금만 더, 조금만 더' 하며 자다가 늦잠을 자기 일쑤여서 회사에 다닐 적에는 지각도 자주 하고 윗사람에게 눈총도 받았습니다. 하지만 작가가 된 지금은 꿈에서 이야기의 실마리를 찾게 되는 경우가 많습니다. 지은 책으로 『옷이 나를 입은 어느 날』 『쥐를 잡자』 『나는 누구의 아바타일까』 등이 있습니다.

1

 교무실에 들어간 엄마는 도무지 나올 기미가 없었다. 나는 운동장에서 하염없이 엄마를 기다렸다. 학교에 온 김에 담임까지 만나고 있는 게 틀림없다. 과묵한 도덕 선생님이 아무리 화가 났어도 30분 넘게 엄마를 붙잡아 두고 있을 리는 없을 테니까.
 운동장 벤치에 앉았다 누웠다, 철봉을 오르락내리락 얼마나 했는지 모른다. 마침내 중앙현관에서 검정색 가을코트를 입은 엄마가 모습을 드러냈다. 허리띠를 꽉 졸라매고 힘차게 걸어오는 모습이 독일군 장교 같았다. 표정은 더 무시무시했다.
 나는 엄마 뒤에서 한 발짝 떨어져 발소리도 내지 않고 걸었다. 엄마는 버스도, 택시도 타지 않고 마냥 걸었다. 집까지 걸어가려면 30분도 더 걸리는데…….

"…… 엄마. 차 안 타고 갈 거야?"

"……."

대꾸는커녕 나를 아예 투명인간 취급했다. 담임이 중간고사 성적을 귀띔해 준 게 틀림없다. 그나저나 핸드폰은 받았나? 그놈의 내 완소 핸드폰만 아니면 엄마를 학교에 오라고도 하지 않았을 것이다. 1년에 한 번 있는 학부모 총회에도 안 나타나는 우리 엄마가 학교에 납신 까닭은 바로 내 핸드폰 때문이다.

중간고사를 끝내 놓고 축제, 졸업여행 등이 줄줄이 기다리고 있는 요즘은 날마다 널리리다. 늘 요즘 같으면 평생 학교만 다니면서 사는 것도 괜찮을 것 같았다. 선생님들마다 자습을 시키거나 영화를 보여 주었는데, 유독 도덕 선생님만 수업을 했다. 종일 탱탱 놀다가 도덕 시간이 됐다고 갑자기 공부하는 게 쉽지 않았다. 도덕 시간 내내 왕하고 나는 별 의미도 없고 유치하기 짝이 없는 문자를 주고받았다. 그러다 딱 걸리고 말았다.

도덕 선생님은 우리 핸드폰을 재킷 주머니에 넣으며 말했다.

"찾고 싶으면 부모님 모시고 와."

내 핸드폰으로 말할 것 같으면 산 지 두 달도 채 안 된 최최최최 신형인 데다 내가 그걸 얻기 위해서 얼마나 중노동에 시달렸는지를 이야기하려면 천 일 밤도 부족하다. 그런 핸드폰을……. 나는 도저히 핸드폰을 포기할 수 없었다.

엄마가 나를 투명인간 취급을 하건 말건 나는 엄마의 소매를 살짝 잡아당기면서 물었다.

"그런데 엄마, 핸드폰은 돌려받았어?"

엄마가 걸음을 멈추더니 내 얼굴을 쳐다보았다. 표정이 굉장히 복잡했다. 화난, 열 받은, 분노를 삭이는, 기가 막히고 코가 막힌……. 내가 아는 단어로는 도저히 표현하기 불가능한 표정이었다. 그러더니 주머니에서 핸드폰을 꺼내 휙 던졌다. 몹쓸 물건이라도 털어 버리는 동작이었다. 몸을 던져서 핸드폰이 바닥에 떨어지기 직전에 간신히 받았다. 보도블록에 무릎을 찧어 얼얼했다. 엄마는 말없이 집을 향해 걸었다. 나도 묵묵히 걸었다. 그래도 핸드폰을 손에 넣으니 가슴에 칭칭 감아 두었던 고무줄이 끊어진 것 같았다.

엄마는 집이 가까워지자 아파트 앞 노점에서 무랑 사과를 샀다. 걷다 보니 화가 좀 풀렸는지 사과 장수 아주머니랑 얘기하면서 살짝 웃기도 했다. 나도 그제야 숨을 쉴 수 있었다.

"엄마, 내가 들게."

얼른 봉지들을 빼앗아 들고 앞장섰다. 이제 집에 가서 사과나 먹으면서 만화책을 보면 되겠다고 생각하면서……. 또 다른 애물단지가 기다리고 있을 줄은 꿈에도 몰랐다.

엄마가 여전히 싸늘하긴 했지만 학교에서 나왔을 때처럼 살벌한 표정은 아니었다. 내가 바지런을 떨며 사과와 무를 냉장고에 넣으려는데 "무는 그냥 놔둬, 저녁에 국 끓일 거야."라고 평온한 목소리로 말했다. 조마조마하던 내 마음이 순두부처럼 흐물흐물해졌다.

다리가 아픈지 소파에 앉아 종아리를 두드리며 들고 온 우편물들을 뜯어 보던 엄마가 갑자기 "야, 김재형!" 하고 고함을 지르는 것이었다.

"이게 뭐야? 아니, 네가 도대체 정신이 있는 애야?"

엄마가 종이 한 장을 들고 얼굴이 벌겋게 되어 고래고래 소리를 질렀다. 들고 있는 것은 내 핸드폰 요금 청구서였다. 엄마 손이 부들부들 떨리고 있었다.

"24만 원? 핸드폰으로 국제전화 했냐? 도대체 네가 인간이냐? 학교에서도 개망신 시키더니, 밖에선 부모 얼굴에 똥칠이나 하고. 내가 오늘 얼마나 창피했는지 알아? 내가 정말 못살아. 너, **나가 뒈져!** 너 같은 애 필요 없어. 어쩌면…… 사고뭉치…… 이 **밥버러지**……"

"나가 뒈져!"라는 말을 들은 순간부터 엄마 말이 하나도 들리지 않았다. 아니, 모욕적인 단어들만 귓속으로 들어와 내 안에서 화학작용을 일으켜 뜨거운 덩어리가 되어 식도를 타고 걷잡을 수 없이 빠르게 역류했다. 나는 이성을 잃고 말았다.

"알았어! 알았다구! 나가 뒈지면 되잖아! 이씨."

나는 엄마보다 더 크게 외치며 들고 있던 무를 내동댕이쳤다. 무가 데굴데굴 굴러갔다.

"뭐? 이씨? 이놈의 자식이? 그래 그래, 나가서 들어오지도 마!"

나는 몸을 돌려 현관으로 달려갔다.

바람이 휙 불어와 내 몸을 한번 감싸안더니 달아났다. 갑자기 계절이 겨울로 바뀌어 버린 것 같았다. 터벅터벅 걸었다. 갈 곳이 있을 턱이 없었다. 이때 내 꼬락서니가 어땠냐 하면, 가방은 그대로 멘 채이고 신발은 짝짝이였다. 한쪽은 운동화에 한쪽은 낡은 농구화다. 바닥이 평평한 농구화와 에어쿠션이 들어간 운동화의 높이가 달라서 걷는 게 바보 같았다. 절뚝거리며 거리로 나갔다. 이 와중에도 배가 고팠다. 내 자신이 싫었다. 밥버러지라는 말을 듣고 뛰쳐나온 주제에……. 빵집과 치킨집과 분식집에서 흘러나오는 각종 냄새들이 나를 고문했다.

배고픔 때문에 엄마에 대한 분노가 살짝 사그라지려고 했다. 그렇게 하고 뛰쳐나온 게 좀 후회가 되었다. 하지만 다시 들어가고 싶지는 않았다. 자존심이 있지. 30분도 안 돼 들어가면 아직 화가 안 풀린 엄마가 남아 있는 총알을 퍼부어 댈 게 뻔하다. 시계를 보니 6시가 훨씬 넘었다. 어느새 둘레에 어스름이 깔리고 있었다. 처량한 생각이 들었다. 집 앞 도로는 학원버스들이 점령하고 있었다.

'학원이라도 다닐걸, 그럼 갈 데가 있잖아.' 하는 생각이 들었다. 내 쌍둥이 형인 재하는 지금 학원에서 고군분투하고 있을 것이다. 아니, 고군분투가 아니라 취미생활을 하는 걸지 모른다. 수학문제 푸는 게 재미있다는 괴상한 놈이니.

나는 꼴사나운 자세로 걷는 것을 멈추고 길가 벤치에 앉았다. 재하가 올 때까지 앉아 있다가 슬쩍 묻어서 들어갈까 하는, 비겁한 생각이 살짝 머리를 스치고 지나갔다.

이제 어떻게 할까, 생각을 해 보려 했지만 배고픔 때문인지 아무 생각도 나지 않았다. 나는 가지고 있는 돈을 세어 보곤 맥도날드로 달려가 일단 배를 채웠다. 그제야 엔진이 다시 돌아가는 것 같았다.

먼저 일이 왜 이렇게 되었는지, 하나씩 따져 보았다. 우선 핸드폰 요금. 24만 원이면 심하긴 했다. 지난달에 핸드폰을 사자마자 내려받은 게임 때문인 것 같다. 한 달 동안 인터넷 사용이 무료라기에 맘 놓고 썼는데, 그건 아니었나 보다. 제길. 어쩐지 살짝 불안하더라. 진짜 엄청 나왔네. 아니, 그렇다고 엄마가 아들한테 그렇게 험한 말을 하냐. 엄마도 나빴지, 뭐. 하지만 날이 날이니……. 하필 오늘 청구서가 날아올 게 뭐람. 학교에서 엄청 열 받았을 건데. 담임이 좀 긁어 놨겠어. 게다가 다른 것도 아니고 빼앗긴 핸드폰 찾아 달라고 내가 간청하다시피 해서 간 건데…….

따져 보니 오늘은 내가 굽히고 들어가야 할 것 같았다. 엄마의 망언에 대한 사과는 차차 받기로 하고 일단 집으로 들어가 잘못했다고 말하기로 마음을 정했다. 내친 김에 며칠 들어가지 않으면 자존심은 세울 수 있겠지만 좀 귀찮기도 했고, 딱히 갈 데가 있는 것도 아니니. 재하랑 같이 들어가 봤자 엄마에게 낮에 들은 내 성적을 다시 떠올리게 할 뿐이다. 오늘 같은 날은 가능하면 재하와 같은 화면에 잡히지 않도록 조심하는 게 좋다.

현관까지 씩씩하게 걸어가선 슬그머니 집 안으로 들어갔다. 내가 바닥에 내동댕이친 무가 소고기와 함께 팍팍 끓고 있는지 달콤하고 구수한 냄새가 났다. 부엌 쪽에서 달그락거리는 소리가 들렸다.

"재하니?"

엄마가 개수대에서 뭔가를 씻으면서 고개만 슬쩍 돌려 말했다. 목소리에 아직 화가 조금 묻어 있었다. 어여쁜 재하한테는 화를 낼 수 없으니 꾹 누르고 있는 걸 거다. 큰소리치고 나간 내가 금세 돌아올 리 없다고 생각하고 재하려니, 했을 거다. 갑자기 빈정이 상했다. 민망하기도 했고.

대답하지 않고 방으로 들어갔다. 교복을 벗는데 주머니에서 핸드폰이 툭 떨어졌다. 이 민망한 상황을 핸드폰으로 해결하는 게 나을지 모른다는 생각이 들었다. 핸드폰을 들어 장문의 문자를 입력하기 시작했다.

입으로는 차마 하기 어려운 "어머님, 죄송해요 어쩌고……" 하는 문장을 쓰는데 방문이 열렸다. 나는 문장을 만드는 데 몰입한 나머지 고개를 들지도 못했다. 문장을 다 쓰고 고개를 들었을 때 팔짱을 끼고 물끄러미 나를 바라보는 엄마와 눈이 마주쳤다. 아주 싸늘한 표정이었다. 아니, 한심해 죽겠다는 표정이었다. 나도 모르게 핸드폰 폴더를 닫아 버리고 말았다. 이제껏 작성한 긴 문장이 마침표 하나 남기지 않고 지워져 버렸다. 죄송한 마음도 함께 사라져 버린 것 같았다.

엄마가 문을 닫고 나가고 나는 침대에 우두커니 앉아 있었다. 시간이 얼마나 흘렀을까. 학원에서 돌아온 재하가 두런거리는 소리, 텔레비전 소리, 부엌에서 나는 소리와 냄새가 문을 뚫고 들어왔다. 좀 외로워졌다.

"밥들 먹어."

주방 쪽에서 엄마의 가시 돋친 목소리가 들려왔다.

똑똑. 조심스럽게 방문을 두드리는 소리.

대답하지 않았다. 갑자기 화가 치밀었다. 이성적으로 생각하면

잘한 게 하나도 없다는 건 알지만 왠지 내가 피해자인 것만 같았다. 나는 문을 잠가 버렸다.

"재형아, 밥 먹어."

분위기를 감지했는지 재하 목소리가 나지막했다.

대꾸하지 않았다.

"야, 좀 나와 봐."

문 손잡이를 돌리는 소리.

"……"

잠시 뒤 슬리퍼 끄는 소리에 이어 방문을 부술 것 같은 야만적인 목소리가 들렸다.

"나와서 밥 먹지 못해!"

나는 핸드폰을 열어 문자를 찍었다.

안 먹어.

OK를 누르고 속으로 숫자를 셌다.

하나, 둘, 셋…… 열하나, 열……

"이놈의 자식이, 어디서 문자질이야. 아주 건방을 떨어요."

열둘을 채 세지 않았는데 엄마가 밖에서 문을 두드리고 난리다.

문 두드리는 속도가 점점 빨라졌다.

"너, 이 문 열지 못해?"

나는 다시 핸드폰을 열어 문자를 날렸다.

안 나가. 굶어죽어 버릴 거야.

지금 생각해 보면 참 유치했다. 하지만 그땐 내 마음이 진짜 그랬다. 잘못은 했으나 억울했다.

잠시 뒤 문 두드리는 소리가 멈추더니 어마어마한 괴성이 들렸다.

"뭘 잘했다고 그래! 정말 못 봐주겠구먼. 그래, 니 맘대로 해라. 굶어 죽든지 말든지."

엄마는 마지막으로 문을 한 번 더 쾅 쳤다. 아무래도 분이 안 풀리는가 보았다.

이로써 엄마와 나는 전쟁에 돌입하게 되었다. 하지만 이 싸움은 내가 이기게 되어 있다. 왜냐면 이제부터 엄마는 물 한 모금도 못 마실 게 뻔하다. 아마 벌써 체기가 올라오고 있을 것이다. 엄마는 늘 그런다. 속상한 일이 있으면 물만 먹어도 체한다. 하지만 나는 말로는 굶어 죽겠다고 했지만 빅맥과 감자튀김과 콜라로 포식을 하고 온 터이다.

체력에서 밀리면 싸움에서 질 수밖에 없다. 어느 전쟁이건 승패는 군량미의 확보에 달려 있다는 것을 나는 온갖 전쟁사를 탐독하면서 알게 되었다, 라고 하면 폼나겠지만…… 만화책에서 봐서 잘 알고 있다. 그리고 엄마는 질 수밖에 없다. 자식 이기는 부모 없다는 말이, 손자병법에도 나와 있(을 것이)다.

부엌 쪽에서 알아들을 수도 없는 엄마의 하이톤 목소리가 들렸다. 나 김재형을 규탄하는 대사일 것이다. 엄마가 설거지를 하는지 그릇 부서지는 소리가 났다. 아마 사기그릇 몇 개에 금이 가거나 이가 나갔을 것이다. 며칠 후에 그게 내 전용 밥그릇이 될 것이다.

마음을 비우니 그 소리도 별로 거슬리지 않았다. 나는 핸드폰을 열고 게임을 했다. 우주괴물들과 치열한 싸움을 하다 보니 현실에서의 싸움을 잠시 잊었다. 그 바람에 문 손잡이가 달각거리는 소리를 미처 듣지 못하고 말았다.

갑자기 문이 벌컥 열렸다. 놀랄 틈도 없이 엄마의 맵디매운 손바닥과 날카로운 목소리의 기습을 받았다. 엉겁결에 핸드폰을 바닥에 떨어뜨리고 말았다.

엄마가 내 한쪽 귀를 잡았다. 나는 질질 끌려 거실로 나갔다. 엄마의 한 손에는 열쇠 꾸러미가 들려 있었다. 엄마는 나를 거실 바닥에 열쇠와 함께 내팽개치더니 방으로 들어가 전리품을 들고 나왔다. 바로 내 핸드폰.

"다 이거 때문이지?"

엄마 눈빛이 악마처럼 돌변하더니 내 귀여운 핸드폰을 우악스럽게 움켜쥐곤 화장실로 갔다. 아니, 볼일을 보려면 그건 놓고 가든지, 나를 이렇게 거실 바닥에 내팽개치고…….

엄마는 욕실 문 앞에서 뭔가를 휙 던졌다. 이어지는 너무나도 앙증맞은 소리. 퐁당!

2

그렇게 된 것이다. 내가 집을 나온 것은.

나는 티셔츠에 트레이닝 바지를 입은 채 의자에 걸쳐 놓은 점퍼만 집어 들고 집을 나왔다.

뛰쳐나오기 전에 한바탕 발악을 한 것 같은데, 너무 흥분해서 기억이 나지 않는다. 엄마한테 엄청난 말을 퍼부은 것 같은데……. 영영 기억이 나지 않았으면 좋겠다. 아마 거의 패륜아나 할 만한 말이었을 것이다.

무작정 나왔지만 갈 데가 없었다. 아까보다 더 싸늘한 바람이 온몸을 휘감았다. 쉬를 하고 난 강아지처럼 몸을 한 번 부르르 떨고, 들고 나온 점퍼를 입었다. 홑겹이지만 아쉬운 대로 견딜 만했다. 정문 앞 시계탑을 보니 10시 40분이었다. 참 애매한 시간이다. 누구를 불러내서 놀기도, 다시 집에 기어 들어가기도 낯이 안 서는. 더구나 오늘만 두 번째 가출이니 금세 들어갈 수는 없다. 아빠도 집에 없고……. 아침에 아빠가 오늘 술 마실 일이 있다고 했던 것 같다. 그러면 12시는 넘어야 오실 거다.

왕한테 전화나 해 볼까 하다, 나도 방금 핸드폰을 저세상으로 보냈고, 녀석 역시 핸드폰을 아직 못 찾았다는 사실이 생각났다. 왕은 일주일이 지나도 부모님을 모시고 오지 않았다. 핸드폰을 뺏기고도 여전히 해맑은 얼굴인 걸 보니 이번 기회에 새로 장만할 생각인 것 같다. 물론 집에다는 잃어버렸다고 하겠지.

아파트를 등지고 무작정 걸었다. 이 늦은 시간에도 학원 버스는 쉬지 않고 애들을 실어 나르고 있었다. 지하철 역 근처는 상점 간판의 불빛으로 대낮 같았다. 주머니에 손을 넣으니 지갑이 만져졌다. 교통카드와 달랑 천 원짜리 세 장이 들어 있었다. 서랍에 만 원짜리가 두 장 있는데……. 이럴 줄 알았으면 재하처럼 은행에 저금을 하고 현금카드도 만들어 두는 건데. 하지만 가출한 청소년이 만 원짜리 두어 장 가지고 할 만한 게 뭐가 있을까. 피시방? 찜질방? 심야영화? 갈 수는 있겠지만 아무것도 내키지 않았다. 두 달도 안 된, 아직 액정에 붙은 필름도 떼지 않은 내 핸드폰만 눈앞에서 왔다 갔다 했다.

지하철역으로 들어갔다. 마침 순환열차가 들어오고 있었다. 목적지가 있는 양 서둘러 계단을 내려가 올라탔다. 노선표를 올려다보다 내 눈이 '홍대입구역'에서 딱 멎었다. 홍대입구와 합정역 중간쯤에 이모의 오피스텔이 있다는 게 생각났다.

이모는 마흔이 다 되어서도 결혼하지 않고 혼자 산다. 광고쟁이라 너무 바빠 남자 만날 시간도 없다고 말하지만 내가 보기엔 그것 때문만은 아닌 것 같고……. 아무튼, 좋다. 저기다. 홍대입구역을 표시해 놓은 동그라미가 반짝반짝 빛을 내는 것 같았다.

역에 내리니 이 밤에 무슨 행사라도 하는 게 아닐까 싶을 정도로 사람이 바글바글했다. 인파를 헤치고 기억을 더듬어 골목으로 들어갔다. 이모의 오피스텔을 찾으며 나의 놀랄 만한 기억력에 감탄했다. 딱 두 번 와 봤는데 기억이 다 났다. 나도 머리가 그다지 나쁘진 않은 것 같다. 장미슈퍼와 알 수 없는 영어로 된 간판들을 지나쳐 1층에 샌드위치와 커피를 파는 가게가 있는 건물. 그 옆에 있는 좀 낡은 오피스텔. 찾았다.

그런데 몇 층이더라? 경비실엔 아무도 없었다. 편지함을 살폈다. 편지함이 꽉 차 있는 곳은 몇 군데 되지 않았다. 그중에 그 이름도 이상한 안지나라고 적힌 우편물이 들어 있는 곳, 1004호. 치, 천사라네. 하지만 지금 내게 이모는 진짜 천사 같은 존재다.

편지함엔 카드회사에서 온 청구서 두 개와 주민세 독촉장, 주간지가 들어 있었다. 나는 우편물을 내 것인 양 빼들고 엘리베이터를 탔다. 1004호 벨을 아무리 눌러도 반응이 없었다. 계단에 앉아 기다리는 수밖에 없었다. 참 처량했다. 배도 좀 고팠다. 이놈의 배는 왜 시도 때도 없이 고픈지 모르겠다. 라면이라도 한 젓가락 먹었으면 좋겠다고 생각하면서 허공에 손가락으로 그림을 그렸다. 대접을 그리고 구불구불한 라면 가닥을 그리고 모락모락 피어오르는 김도 그리고 젓가락 두 짝을 막 그리려는 찰나, 덜커덕 엘리베이터 문이 열렸다.

이모다……? 맞는 것 같다. 그런데 배추 같은 저 헤어스타일은 뭐람.

"이모……."

"어, 너…… 재하니, 재형이니?"

이모가 실눈을 뜨고 내게 다가오면서 물었다. 좀 김이 샜지만 장난이 치고 싶어졌다.

"재하."

'앗, 그런데 이모의 저 표정은 뭐지? 너무 차갑잖아. 이밤에 조카가 찾아왔는데 안아 주지는 못할망정. 재형이라고 순순히 밝힐까. 그래도 재하보다는 나를 더 좋아할 텐데.'

망설이는 사이에 이모가 "집에 가라." 하면서 문을 닫고 들어가 버리는 것이었다.

'정말 우리 이모 맞아? 파마를 한 게 아니라 뇌수술을 한 거 아냐?'

너무도 기가 막혔다. 나는 멍해져서 이 사태를 분석할 엄두도 나지 않았다. 힘이 빠져 복도에 쪼그리고 앉아 있으려니 문이 빼꼼 열렸다. 다행히 이모 표정이 조금 따듯해져 있었다.

"들어와."

'그럼 그렇지.'

나는 처량한 포즈를 취하고 집 안으로 들어갔다.

"밥은 먹었냐?"

최대한 불쌍한 표정을 지으면서 천천히 고개를 저었다.

이모는 나를 식탁에 앉혀 놓고 어수선하게 왔다 갔다 하더니 볶음밥을 만들어서 내놓았다. 라면도 냉동덮밥도 아닌, 고기에 계란까지 들어간 김치볶음밥을 보니 눈물이 앞을 가렸다. 이모는 신나게 수저질을 하는 나를 바라보며 캔맥주를 홀짝거렸다. 나는 볶음밥에 너무나 감동한 나머지 주절주절 사건의 전말을 얘기했다.

"핸드폰 때문이라고?"

이모는 내 얘기를 듣더니 뜻밖에도 싱긋 웃는 것이었다.

'저 표정은 나를 이해한다는 의미겠지? 역시 십대의 고민이 뭔지 아는 멋진 이모라니까.'

이모는 내 얼굴을 찬찬히 훑어보더니 씨익 웃으며 물었다.

"너 재하 맞아?"

나도 대답 대신 씨익 웃었다.

"내가 못살아."

이모는 기가 막힌다는 듯이 웃었다.

"좋아. 오늘 하루만 재워 주는 거다. 내일 놀토지? 대신 조건이 있어."

내 입에서 고맙다는 말이 튀어나오려다 멈칫했다.

"우리 거래하자."

"거래?"

"내 제안 받아 주면 재워 주지."

"뭔데?"

"우리 회사에서 하는 광고 모델 좀 해 주라."

재작년인가 이모 회사에서 제작했다는 광고가 텔레비전에 나온 적이 있었다. 운동화 광고였는데, 한강 다리 난간에 올라가서 자살을 기도하려던 남자가 운동화가 아까워서 자살을 포기한다는 내용이었다. 모델도 그렇고 광고 내용도 바보 같아 우리 식구들이 모두 비웃었던 기억이 났다. 그 운동화 회사가 얼마 전에 망했다던데 광고 때문일지 모른다. 그 생각이 나서 나는 고개를 절레절레 흔들었다.

학교에서 매장당할 일 있나. 가뜩이나 선생님들에게 찍혀서 여자애들 사이에서도 이미지가 많이 추락되었는데 휘발유 끼얹고 아궁이에 들어가게.

이모는 팔짱을 끼고 빙긋거리고 있었다. 내 생각을 읽고 있는 것 같았다. 싫다고 하면 바로 내쫓을 태세였다. 팔짱 끼고 있는 모습이 완전 엄마의 아바타 같았다. 나는 엉겁결에 이렇게 말하고 말았다.

"오늘 밤에 자면서 생각해 볼게."

이모는 표정 하나 바꾸지 않고 여전히 팔짱을 낀 자세로 천천히 고개를 저었다.

"긍정적으로 생각해 본다니까."

이모도 내가 무슨 생각을 하는지 눈치챘는지 얼른 토를 달았다.

"이번엔 달라. 아주 따스하고 훈훈한 이야기야. 초코파이나 박카스 같은 광고 너 알지? 왜 코끝 찡하게 만들고 미소도 짓게 하는……. 그리고 핸드폰 광고라니까 그러네. 마두테크놀로지. 마두 말이야, 마두. 이거 하고 나면 핸드폰도 줄 거야. 최신형으로."

'핸드폰을 준다고? 마두테크놀로지의 핸드폰을? 그것도 최신형을?'

그 순간 욕조 안에서 풍당 소리를 내며 저세상으로 간 핸드폰이 떠올라 내 마음이 흔들리고 말았다. 갈등하는 표정을 들키는 바람에 10분 뒤 이모에게 그대로 낚이고 말았다.

 그날 밤 나는 내 키보다 짧은 소파에서 다리를 살짝 구부리고 잠을 잤다. 바로 옆에서 냉장고가 윙윙거리는, 얼마나 안락한 잠자리였는지 모른다.

3

 다음 날 아침, 찬란한 햇살과 새소리……가 아닌 시끄러운 록 음악이 내 잠을 깨웠다. 벌떡 일어나 헤드뱅잉이라도 해야 할 것 같은 몹시 소란스런 음악이었다. 도저히 더 잘 수가 없어 일어나 앉았다. 헤드뱅잉은 이모가 하려는 것 같았다. 이모가 화장대 앞에서 드라이어를 들고 고개를 이리저리 돌리며 배춧잎 같은 머리카락과 씨름하고 있었다. 뭐가 잘 안 되는지 입에서 쌍시옷 소리가 침처럼 튀어나왔다.

 "이모, 토요일인데 회사 가?"

 "광고쟁이 달력엔 토요일 일요일이 휴일이라고 나와 있지 않단다. 내가 왜 이 미모로 여태 결혼을 못했게."

 난 이모의 애정사나 결혼엔 관심이 없다. 그리고 아침 댓바람부터 이모 말꼬리를 물고 늘어지고 싶은 생각은 더더욱 없었다. 그저 잠이나 더 잤으면 했다.

"나 더 자면 안 될까?"

"자건 말건 니 맘대로 하세요. 그런데 오늘은 딴 데 가지 말고 꼭 집에 가라. 문은 저절로 잠기니까 그냥 가면 돼. 밥은 네 집에 가서 먹어. 내 식량 축내지 말고. 그리고 광고 모델 하는 거, 농담 아니다. 엄마한테는 내가 얘기해 놓을게. 다음 주부터 바로 촬영 들어갈 거야."

이모는 냉정하게 말하곤 머리카락 다스리는 걸 포기했는지 유치원생이 크레파스로 함부로 낙서한 것 같은 머리로 출근했다.

이모가 나가자 다시 잠을 청했지만 잠이 오지 않았다. 멀뚱히 천장을 바라보고 있자니, 혼자만 있으니 참 좋다는 생각이 들었다. 이렇게 누구의 간섭도 받지 않고 혼자 산다면 공부도 잘될 것 같고, 마음씨도 착해질 것 같았다. 정서적으로 안정되니 말이다. 학생한테 좋은 핸드폰이 도대체 왜 필요하냐고, 성적이 왜 그 모양이냐고, 허구한 날 게임만 하느냐고 잔소리하는 엄마 목소리도 들리지 않고, 생김새는 똑같은데 뇌 안의 내용물은 영 달라 비교당하기만 하는 재하도 없고.

가만히 누워서 이런 아담한 공간에서 혼자 사는 내 모습을 상상해 보았다.

학교 다녀와서 혼자 음식을 만들어 먹고, 음악을 듣고, 공부와 독서를 하는 나.

혼자 살게 되면 내가 좀더 멋진 사람이 되지 않을까? 간혹 엄마 속을 뒤집어 놓긴 하지만 나도 괜찮은 구석이 있는데, 이해받지 못하니까 인간이 더 찌질해지는 것 같다. 이해받지 못할 바엔 혼자인 게 더 나을 것 같다.

두서없이 이런 저런 생각을 하는데 '나가 뒈져!' 라는 엄마 목소리가 환청처럼 들려왔다. 집에 가고 싶은 생각이 싹 달아나 버렸다.

문득 어젯밤 이모가 한 제안이 떠올랐다. 아침에 말한 대로 정말 농담이 아닐지 모른다. 갑자기 내게 어떤 생각이 떠올랐다. 그 생각을 하자 좀 행복해졌다. 난 정신 나간 애처럼 피식거리다 스르르 잠이 들었다.

일어난 시간은 오후 두 시였다. 배가 너무 고파서 더 잘 수가 없었다. 이모가 밥은 집에 가서 먹으라고 했지만, 그럴 수는 없었다. 냉장고를 뒤져서 사과와 빵과 먹다 남은 음식을 모조리 해치웠다. 그러고 나서 또 소파에 누워 공상에 잠겼다. 달콤했다.

"뭐야? 너, 아직도 안 갔어?"

이모가 소파에 널브러져 있는 나를 보곤 기겁했다. 베이킹파우더라도 뿌렸는지 머리가 아침보다 더 부풀어 오른 것 같았다.

"응, 이모한테 할 말이 있어서. 광고 모델 하는 거, 곰곰이 생각해 봤는데……."

이모가 좀 긴장을 하는 것 같았다. 재킷을 벗다 말고 식탁 의자 하나를 끌고 와 내 앞에 앉았다.

나는 어제 이모가 한 제안을 그냥 받아들이지만은 않았다. 거래 조건을 제시했다. 별건 아니었다. 광고를 찍는 동안 이모 집에서 학교를 다니겠다고 했다.

이모는 처음에는 펄쩍 뛰더니 워낙 다급했던지 그러라고 하고 모든 뒷수습을 해 주었다. 다음 날 우리 집에 가서 교복과 가방을 챙겨 오는 것은 물론이고 월요일 아침엔 학교에 태워다 주기까지 했다. 회사 가는 길에 약간만 돌아가면 되었지만 생색은 엄청 냈다. 그리고 내가 며칠 뒤에 출발하는 졸업여행을 가지 않겠다고 했더니 은근 좋아하면서 엄마를 꼬드겨 선생님께 사유서까지 제출하게 해 주었다. 모든 일이 일사천리로 진행되었다. 난 좀 당황스러웠다. 그저 엄마한테 반항하려고 해 본 말인데……. 그건 그렇고 도대체 이모가 엄마를 어떻게 구워삶았는지 모르겠다.

아무튼 그래서 나는 '건강상의 이유로' 졸업여행을 가지 못하고 나흘 동안 쌈박기획에 출근하기로 했다. 이모는 청소년 조카에게 모범을 보이고 올바른 길로 이끌어야 하는 어른으로서는 빵점이었지만 쌈박기획 직원으로서는 참 훌륭한 인재임이 틀림없다.

4

　내가 광고 모델을 하게 되었다니까 왕은 대뜸 모델료를 얼마나 받느냐고 물었다. 핸드폰 하나 받는다는 말에 입에 거품을 물며 착취라느니, 이모보고 브로커라느니 하며 신문에나 나오는 단어를 쏟아 냈다. 듣고 보니 틀린 말은 아니었지만 이모에게 그렇게 따졌다가는 당장 집으로 가라고 할까 봐 그냥 착취당하기로 했다.
　그건 그렇고, 핸드폰에 눈이 멀어 덥석 하겠다고 했지만 마음에 걸리는 게 있었다. 광고 컨셉이 훈훈한 가족 이야기라는 것. 엄마랑 그렇게 대판 싸우고 나와서는 가족에 대한 연기를 하려니 살짝 가책이 된다고나 할까. 내면 연기라는 게 있다던데, 아무래도 그런 걸 하기엔 무리가 있지 않을까 하는 생각도 들고……. 그래서 왕에게 슬쩍 물어보았다. 나보다는 진지한 구석이 조금은 있는 녀석이니까.
　"야, 넌 가족이 뭐라고 생각하냐?"
　"설마 내가 그 대답을 해 줄 수 있을 거라고 생각하는 건 아니지?"
　왕은 1초도 생각해 보지 않고 말했다.

"그래, 혼잣말이야."

"그런데 네가 새삼 기특하고 대견해 보인다."

왕이 내 머리를 쓰다듬으며 말했다.

"한 번도 생각해 본 적 없냐?"

"있지."

왕은 뜸을 좀 들이다 말했다.

"생각하면 복잡하기만 하지 뭐."

그러더니 정말로 복잡한 표정이 되었다.

"상처만 주는 관계."

"뭐?"

순간 왕에게서 묘한 냄새가 나는 것 같았다. 비바람 부는 날 벌판에서 나는 냄새라고나 할까. 비바람 부는 날 벌판에 서 있은 적은 없지만 말이다. 나는 왕의 이 느닷없는 표정과 냄새에 좀 당황했다. 2년 넘게 알던 녀석이 아닌 것 같았다. 그래서 좀 더듬었던 것 같다.

"그, 그래, 그 말에 백배 공감. 나도 우리 엄마한테 상처받았어. 나보고 밥버러지라고 하더라. 나가 뒈지래."

나는 최대한 비극적인 표정으로 말했다.

왕이 시니컬하게 말했다.

"그런 말에 왜 상처를 받냐? 난 나가 뒈질 만한 짓거리를 해도 아무도 그런 말 해 주지 않는데……. 그게 상처인데. 우리 부모님이 나를 대하는 표정이 딱 저거야. 관계자 외 출입금지. 나한테만이 아니야. 서로한테도 그래. 아, 학원 안 가고, 성적 개떡같이 나오면 관심 보이긴 하더라."

왕은 우리가 앉아 있던 5층 복도 끝 계단 바로 앞에 있는 방문을 턱으로 가리키며 말했다. 무슨 용도로 쓰이는 곳인지 늘 자물쇠가 걸려 있는 방이었다. 이제껏 그다지 눈여겨보지 않았는데 새삼 무지 궁금했다. 그 안에 뭐가 있는지. 그리고 내 옆에 앉아 있는 이 애가 나랑 만날 농담이나 주고받던 그 왕수영이 맞는지도.

왕은 자기가 왕건의 자손인데 자기네 왕씨의 숫자가 점점 줄어들고 있어서 참 안타깝다고 입버릇처럼 말했다. 그래서 결혼을 하면 애들을 열 명쯤 낳을 거라나. 자손을 왕창 늘려서 나라라도 세울 건지, 심심하면 그런 헛소리를 해 대기에 난 녀석이 형제가 없어 외로운가 보다고만 생각했다. 헌데 그것 말고도 뭔가 더 있었던 거였다. 엄마 얘길 한 적이 없어 혹시 돌아가신 게 아닐까 생각했는데 아닌가 보았다. 부모님이라고, 말하는 걸 보니.

도대체 '관계자 외 출입금지'라는 느낌이 들게 하는 표정은 어떤 걸까. 난 왕의 옆모습을 바라보았다. 내 시선을 느꼈는지 왕이 가만히 얼굴을 돌렸다. 그러곤 희죽 웃으며 말했다.

"혹시 이쁜 여학생도 같이 찍는대냐?"

재하와 왕을 비롯한 우리 학교 아이들은 신라의 고도로 졸업여행을 떠나고 나는 광고 전략회의를 하러 쌈박기획 사무실로 갔다. '전략회의'라는 말이 폼도 나고, 내가 중요한 사람이 된 것 같아서 좀 으쓱해졌다. 그런데, 첫날부터 어쩌면 이게 그렇게 폼나는 일이 아닐지도 모른다는 생각이 들었다.

　나는 쌈박기획 회의실에서 함께 촬영하기로 한 사람들을 기다리고 있었다. 광고 내용에 대해 내가 아는 것이라곤 훈훈한 가족 이야기라는 것 정도였다. 맨 처음에 들어온 사람은 40대 후반쯤 되는 아저씨였다. 허무한 표정만 빼면 아빠랑 분위기가 살짝 비슷했다. 문득 아빠가 생각났다. 보고 싶었다. 평소에는 식구들 중에서 가장 데면데면한 사이였는데……. 그래도 결정적일 때 유일한 지원군인 아빠. 어젯밤에 아빠랑 통화했을 때 "재형아"라고 부르는 아빠 목소리를 듣는 순간 눈물이 나올 뻔했었다.

　두 번째로 들어온 사람은 되게 예쁜 여자애였다. 긴 생머리에 키도 크고 날씬하고 피부가 하얗고……. 고등학생이라는데 대학생처럼 보였다. 화장도 살짝 하고 있었다.

　난 그 애가 들어오는 순간 너무 깜짝 놀라서 음료수를 마시다가 혀를 깨물고 말았다. 알고 보니 나보다 두 살이나 많았고 광고에서 내 누나로 나올 거라고 했다. 나나 먼저 들어온 아저씨와는 다른 종족 같아 보였다.

　아무리 기다려도 엄마 역할을 할 사람은 오지 않았다. 이모는 우리 세 사람을 서로 소개시켜 주고는 자꾸 들락날락거리기만 했다. 회사 일을 혼자 다 하는 사람처럼 보였다.

　결코 조화를 이룰 수 없는, 성별과 연령대가 다른 세 사람이 처음 만나서 할 수 있는 일은 멀뚱하게 앉아 있는 것밖에는 없었다. 우리는 입을 꾹 다물고 천장과 바닥, 벽만 힐끗거리고 있었다. 나는 좀이 쑤셨다. 이모가 서류를 보면서 직원인 듯한 사람과 뭔가 얘기를 하더니 "죄송합니다. 5분 뒤에 시작할게요." 하고 또 밖으로 나가려고 했다. 나는 자꾸 하품이 나와서 묻고 말았다.

　"이모, 한 분은 언제 오셔?"

　"누구?"

　"아빠, 딸, 아들."

　나는 손가락으로 아저씨와 예쁜 누나와 나를 차례차례 가리키면서 말했다.

　"엄마는?"

　"아, 내가 말 안 했나? 엄마는 내가 할 거야."

　그러더니 방긋 웃는 것이었다.

　기가 막혔다. 다른 사람들도 어이없어하는 것 같았다. 하지만 나보다 더 어이없지는 않았을 거다. 그럼 이모가 파마를 한 것도?

이 광고가 텔레비전에 나갈 수나 있을런지 의심스러웠다. 지난번 운동화 회사처럼 마두테크놀로지도 조만간 망하는 거 아닌지 모르겠다.

어쨌건 10분이나 지나서 회의가 시작되었다.

"안녕하십니까. 반갑습니다. 저는 쌈박기획의 귀염둥이 카피라이터 박철수입니다. 앞으로 며칠이 걸릴지 모르겠지만 촬영하는 동안 여러분들과 가장 친밀하게 지낼 사람입니다. 잘 부탁 드립니다."

하나도 귀엽지 않은 철수 아저씨가 우리가 찍게 될 네 편의 광고에 대해 설명했다. 나는 부모님 결혼기념일에 우수한 성적표를 핸드폰으로 찍어 전송하는 중학생 역이었다. 그걸 받은 부모님은 좋아서 입이 찢어지고……

재수 없는 광고였다. 이런 건 내가 아니라 재하 같은 애가 해야 하는데. 정말 하고 싶지 않았지만 최신형 핸드폰이라지 않나. 그것도 마두 제품. 나는 회의 시간 내내 입을 쩍쩍 벌리며 하품만 했다. 아빠 역을 하기로 한 아저씨는 처음에는 도살장에 끌려온 소 같은 얼굴로 앉아 있더니 회의가 진행되자 점점 진지해졌다. 괜히 배신감이 느껴졌다. 나는 기분도 그래서 회의를 마치고 아빠를 만나러 갔다.

아빠가 근무하는 구청은 얼마 전에 건물을 으리으리하게 새로

지어 총리나 시장 같은 사람이 있어야 할 것처럼 보였다. 그래서인지 아빠가 초라해 보였다. 양복도 좀 낡은 것 같고 피부도 거칠거칠해 보였다. 흰 머리카락도 많았고, 눈도 충혈되어 있었다. 게다가 구두에는 흙탕물 같은 게 튀어 있었다. 저 으리으리한 건물 어디에서 그런 걸 묻힌 건지……. 설명할 수 없는 이상한 느낌이 내 몸 어디선가 솟아나오는 것 같았다.

"오랜만이다."

아빠가 넓적한 손으로 내 뒤통수를 툭 치며 말했다.

"광고 모델 하기로 했다며?"

내가 머리를 긁적이자 아빠가 피식 웃었다. 양쪽 입가에 괄호 친 것 같은 깊은 주름이 만들어졌다. 아, 저 표정이 그리웠다. 콧등이랑 눈가가 찌릿찌릿했다.

"자식, 우리 오늘 맛있는 거 먹자. 뭐 먹고 싶니?"

아빠가 내 어깨에 팔을 두르며 말했다. 어느새 내 키가 아빠와 비슷해져 있었다.

나는 목까지 올라온 '양념갈비'라는 말을 꾹꾹 밀어 넣고 "자장면이요." 했다. 아빠는 중국집을 지나쳐서 갈빗집으로 나를 데리고 가선 양념갈비를 3인분 시켰다. 내가 키 크는 사이에 아빠는 독심술을 익힌 것 같았다. 아빠는 내가 먹는 동안 말없이 고기를 구워 연신 내 앞에 놓으며 소주만 마셨다.

"왜 안 드세요. 얼른 드세요. 술만 마시지 말고요."

"생각 중이다. 가출한 아들한테 무슨 말을 해야 멋있게 보일까. 감동 먹고 집으로 들어오게 할 대사 생각하느라."

아빠에게도 꽤나 웃긴 구석이 있다. 하지만 아빠는 그런 생각을 할 필요가 없었다. 아빠 모습을 보았을 때 짧은 순간이었지만 내가 참 한심하게 느껴졌었다.

아빠가 "여기 잔 하나 더 주세요."라고 소리쳤다.

"한 잔 해라, 아들. 괜찮아, 아빠가 주는 거니까. 대신 딱 한 잔만이다."

아빠는 술을 따라 내게 건넸다. 나는 망설이는 척하다 입으로 가져갔다. 아빠는 내가 술잔을 단숨에 비우는 것을 보곤 입을 열었다.

"그래, 우리 열여섯 살 아들의 고민은 뭔가? 뭐 때문에 집까지 나왔어?"

그렇게 물으니 할 말이 없었다. 핸드폰 때문에 사단이 났다는 걸 모르지 않을 테니 내게 듣고 싶은 건 좀 더 깊은 얘기일 것이다. 달리 술까지 따라 주었을까. 그런데 그게, 한마디로 요약하자니 참 거시기했다.

"엄마랑 말이 안 통해요."

난 괜히 손가락 마디만 꺾으면서 뜸을 들이다가 간신히 말했다.

말해 놓고 나니 가족 간에 그것만큼 고민스러운 일이 뭐가 있을까, 란 생각이 순간 들기도 했다.

"말이 안 통한다……."

아빠가 빙긋 웃었다.

"난 재형이 네가 엄마와 가장 친한 줄 알았는데? 나나 재하보다 대화를 많이 하잖아."

"네네. 엄마가 내게 가장 말을 많이 하죠. 그게 다 잔소리라는 게 문제죠. 재하야 잔소리 할 게 없고, 아빠도 뭐 모범적인 가장이니까."

"힘들었겠구나. 엄마랑은 말이 안 통하고, 아빠랑은 말할 시간이 없었고. 재하랑은 어떠니?"

"재하랑은 뭐……."

말은 통하지만 열등감이라고나 할까. 이것도 다 엄마 때문이다. 피를 나눈 우리 형제를 이렇게 만든 게 다. 늘 비교만 해 대니. 물론 이런 말은 아빠한테 하지 않았다.

"그런데 엄마도 너와 비슷한 소리를 하던데……."

"뭐라고요?"

"너희들이 주위에 철조망을 쳐 놓고 접근을 못하게 한다던데."

"예에?"

뜻밖의 말에 어이가 없었다.

'철조망을 쳐 놓았다고? 내가 언제 그랬다고……. 그러고, 엄마가 그걸 못 끊을 사람이야?'

식당을 나와 아빠가 택시를 잡았다. 억지로 집으로 끌고 갈 줄 알았는데 이모 오피스텔 근처에서 내려 주었다. 내 생각을 존중해서 그랬을 텐데 이상하게도 고맙기보다 섭섭했다. 그날따라 내 침대가 그리웠다. 때론 존중받는 것도 피곤한 일이다.

그날 밤엔 잠이 잘 오지 않았다. 아빠가 한 말이 머릿속에서 떠나지 않았다.

내가, 아니 우리가 주위에 철조망을 쳐 놨다고? 엄마는 도대체 왜 그런 생각을 했을까?

이모는 새벽녘에야 집에 들어온 것 같았다. 아침 8시가 넘었는데 시체처럼 자고 있었다.

"이모, 회사 안 가?"

집에선 엄마가 두들겨 패야 간신히 일어나면서 이모를 다 깨우고 나도 참 별일이었다.

이모는 눈 밑에 다크서클이 생기고, 목소리가 꽉 잠겨 있었다. 담배를 어지간히 피워 댔나 보았다. 그 몰골로 회사에 가야 할 텐데, 좀 측은하단 생각이 들었다. 이모를 보니, 또 아빠의 초라한 모습을 떠올리니, 어른이 되는 게 마냥 좋지만은 않을 것 같았다.

"아, 조금만 더 자야겠다."

이모는 시계를 보더니 다시 쓰러져 버리고 말았다. 하지만 나는 그냥 일어나기로 했다. 잠이 오지 않을 것 같았다. 냉장고에 있는 유일한 식량인 시리얼에 우유를 부어 두 대접을 해치우고 이모 핸드폰을 슬쩍 빌려 재하에게 전화를 걸었다.

"재밌냐?"

"말도 마. 어젯밤에 4반 애들 술 마시다 걸려서 새벽에 숙소 마당에서 단체기합 받았어. 지금 버스 타고 불국사 보러 간다."

재하는 자다 깬 목소리로 전화를 받았다.

'4반이면 우리 반인데……. 짜식들. 재밌었겠다. 졸업여행 갈걸.' 하는 생각이 들었다. 하지만 그런 티를 내지 않고 덤덤하게 말해 주었다.

"그래, 가서 10원짜리 동전에 있는 거랑 똑같은지 그 탑 사진이나 잘 찍어 와라."

전화를 끊고 나니 괜히 부아가 치밀었다. 내가 졸업여행 안 간다고 하니 엄마는 반항한다고 생각하고 "그래, 마음대로 하라고 해." 그랬을 것이다. 그걸 바로 이모가 접수해서 일을 이 지경으로 만들어 놓은 거겠지.

오늘은 전략회의도 뭣도 안 한다니 이모가 나가면 강아지처럼 집이나 지키고 있어야 한다. 처량하고 가슴이 답답했다. 애들은 지금쯤 다보탑 석가탑 앞에서 사진 찍고 있을 텐데.

난 내 침대이기도 한 소파에 멍하니 앉아 있었다. 오늘따라 집 안이 무척 추웠다. 이놈의 오피스텔은 난방도 안 해 주나. 학교 다녀와서 혼자 요리를 해서 우아하게 식사하고 독서하고 공부하는 것은 정말 망상이었다. 지난 며칠 동안 밥은 컵라면으로 대충, 독서와 공부는 무슨, 텔레비전 앞에 앉아 있다 졸리면 자고. 그게 전부였다. 멋지지도 재미있지도 않았다.

나는 갈 곳은 없지만 일단 밖으로 나가기로 했다. 애들이 경주의 고도를 여행한다면, 까짓것 나는 조선의 도읍지를 여행하면 될 것 아닌가. 난 덕수궁과 경복궁으로 나 혼자만의 졸업여행을 가기로 했다. 지하철을 타면 금세겠지만 이왕 여행하는 거, 걷기로 했다.

신촌 로터리를 지나 아현동을 넘어가는데 길가에 웬 웨딩드레스 가게가 그렇게나 많은지, 이모가 여길 지나갈 일 있으면 열깨나 받겠다고 생각했다. 웨딩드레스를 입고 조신하게 서 있는 마네킹을 보는 순간, 엄마가 이런 옷을 입고 찍은 결혼식 사진을 본 기억이 났다. 엄마 아빠 같지 않아 자세히 보진 않았는데…….

그런데 엄마 아빠는 어떻게 만나서 결혼까지 하게 된 걸까? 어제 아빠와 만났을 때도 잠깐 느낀 거지만 나는 부모님의 인생에 대해 아는 게 거의 없었다. 새삼 궁금했다. 아빠는 왜 공무원이 됐을까? 학생 때 공부도 잘했다면서 폼나게 삼성이나 현대 같은 대기업에 들어가거나 대학교수 같은 걸 하지. 아빠가 나만 했을 땐 꿈이 뭐였을까? 엄마는 예전엔 디자이너였는데 쌍둥이가 생기는 바람에 일을 그만두었다고 들은 적이 있다. 엄마는 지금의 생활에 만족하는 걸까? 엄마 아빠가 우리에게 보여 주는 모습만으로 제대로 이해하기는 힘든 것 같다. 우린 비교적 엄마 아빠랑 이야기를 많이 나눈 것 같은데 생각해 보니 자세히 아는 것도 없다. 그나마 알고 있는 정보도 거의 할머니나 이모, 고모, 삼촌 들에게서 들은 것들이었다. 도대체 우린 그동안 무슨 이야기를 하면서 살았던 거지? 그렇다고 쥐 죽은 듯이 고요하게 사는 가족도 아닌 것 같은데.

이런 저런 생각을 하면서 걷다 보니 어느새 덕수궁 앞에 와 있었다. 덕수궁을 한 바퀴 도니 배도 고프고 녹초가 되었다. 경복궁은 포기하고 지하철을 타고 오피스텔로 돌아왔다.

이모는 없었다. 웬일로 시장을 봤는지 냉장고가 꽉 차 있었다. 엄청 피곤해 보이던데 밥이랑 내가 좋아하는 연근 조림에 계란말이까지 해 놓았다. 감동한 나머지 밥을 두 그릇이나 먹었다.

다음 날은 딱히 할 일도 없고 해서 이모를 따라 일찌감치 쌈박기획에 갔다. 다른 회사원들도 그러는지 모르겠지만 쌈박기획 사람들은 회의를 무척이나 좋아하는 것 같았다. 회의실에만 들어가면 도통 나올 생각을 하지 않았다.

이모는 내게 온갖 심부름을 시켰다. 명색이 모델인데. 탕비실에서 회의실까지 커피 나르기, 사다리 그리기, 사다리 타서 걸은 돈으로 간식 사 오기, 비품실에 가서 물건 찾아오기, 복사한 서류 순서대로 정리해서 스테이플러로 박기…… 등등을 하느라 시간이 어떻게 가는지 모를 정도였다. 이모가 회의하다 나와서 "너 심심하지?"라고 물으면 그건 "심부름 좀 할래?"라는 말이었다. 내가 없었으면 이 많은 일들을 어떻게 처리하려고 했을지 궁금했다. 문득 이모가 처음부터 모든 걸 다 기획한 게 아닐까 하는 생각마저 들었다. 내 핸드폰을 못 쓰게 만들 만한 각본을 짜서 미끼를 물게 하고……. 며칠 지켜본 바에 의하면 이모라면 충분히 그럴 수 있을 것 같았다.

그럼 다른 사람들은 어쩌다 이 일에 말려들게 되었을까? 박동화 아저씨는 출판사 사장님이라니까 핸드폰 때문에 넘어오지는 않았을 것 같고, 예린 누나도 엄청 좋은 핸드폰을 가지고 있으니……. 또 두 사람은 이모와 전부터 알던 사이는 아닌 게 분명했다. 이모가 두 사람에게는 공손했으니까.

오후에는 리허설이라는 걸 한다고 해서 우리 모델들이 모두 세트장에 모이게 되었다. 나는 자판기 커피를 와인이라도 되는 듯 분위기를 잡고 마시고 있는 박동화 아저씨에게 물었다.

"아저씨는 어쩌다 이 광고 찍게 된 거예요?"

"어?"

아저씨는 왜 사느냐는 질문을 받은 사람처럼 갑자기 철학자 같은 얼굴이 되어서는 대답하지 못했다.

"아저씨가 광고 모델 한다니까 식구들은 뭐래요?"

딱히 궁금해서라기보다 우리 식구들이 떠올라서 그냥 물어본 말이었다.

"아직 말 안 했는데……."

아저씨 표정이 복잡하게 변했다. 어른들한테는 왜 저런 해독 불가능한 표정이 있는지 정말 모르겠다. 광고 찍는 게 비밀에 부칠 일도 아닌데 아직 식구들한테 말도 안 했다니……. 식구들을 깜짝 놀라게 해 주려고? 아님 출판사가 망할 것 같아서 직업을 바꾸려나? 식구들이 걱정할 것 같아서 비밀로 하고?

문득 아빠 구두에 묻어 있던 흙탕물 자국이 떠올랐다.

'혹시 아빠도 식구들 모르게……'

아, 난 왜 이렇게 상상력이 풍부한지 모르겠다. 내 뛰어난 상상력은 광고 찍을 때도 빛을 발했다.

"성적표를 찍어서 부모님한테 보낼 수 있는 아이들이 전체 학생의 몇 프로가 될까요? 그 광고 나가면 학생들이 엄청 재수 없어 할걸요." 라는 내 한마디에 광고 내용을 대폭 수정하기로 했다는 후문이 있었다. 어찌나 흐뭇하고 보람이 있던지.

리허설을 끝내고 오피스텔에 갔더니 어두침침한 로비에 내가, 아니 나랑 똑같이 생긴 애가 있었다. 누군가 버리려고 내놓은 것 같은 일인용 소파에 재하가 앉아서 책을 읽고 있었다. 꽤나 재미있는지 입을 쑥 내밀고 책으로 들어갈 것 같은 표정이었다. 재하는 뭔가에 열중하면 저런 흉측한 표정이 되곤 한다. 우리 둘은 엄마도 가끔 헷갈릴 정도로 닮은 일란성 쌍둥이니 내게도 저런 표정이 있을지 모른다. 하지만 나는 뭔가에 열중하는 일이 별로 없으니 저런 끔찍한 얼굴을 연출할 일은 없다. 얼마나 다행인지 모른다.

재하는 내가 가까이 가도 눈치채지 못하고 책에 빠져 있었다. 장난기가 발동해 잽싸게 책을 빼앗았다. 애들 사이에서 요즘 선풍적인 인기를 끌고 있는 일본 소설이었다.

"야, 너도 이런 거 보냐? 웬일이냐, 범생이가?"

재하가 어색하게 웃으면서 일어났다.

"졸업여행은 재밌었냐?"

"뭐, 그럭저럭."

나는 재하를 데리고 1004호로 들어갔다.

마치 내 집인 듯 "뭐 마실래?"라고 말해 놓고 나서 좀 웃긴 것 같아서 피식 웃었다. 재하도 웃었다. 꼭 거울을 보고 있는 것 같았다.

재하는 별말 없이 이모 집 여기저기를 기웃거리고 내가 자는 소파에 앉았다 일어났다 했다.

"왜 왔냐?"

"학원 가기 싫어서."

"오늘도 가? 여독이 풀리지 않았다고 하루만 봐 달라고 하지……"

"그래도 엄마가 가란다."

재하는 한숨을 한 번 푸욱 내쉬더니 내게 물었다.

"좋냐?"

"그렇지, 뭐."

재하 표정이 굉장히 지쳐 보인다는 생각이 들었다.

"너도 엄마랑 뭔 일 있었냐? 혹시 엄마가 철조망 어쩌구 그러진 않았어?"

"무슨…… 망?"

금시초문이라고, 표정이 말해 주었다. 나는 얼른 말을 돌렸다.

"학원 내가 대신 가 줄까?"

한번 해 본 소린데 재하가 의미심장한 미소를 띠며 말하는 것이었다.

"하루만 바꿔 볼까?"

초딩 때나 하던 유치한 일이지만 나도 오랜만에 한번 해 보고 싶었다. 재하에게는 내가 순전히 저를 생각해서 하는 것처럼 말했지만 집에 가고 싶은 생각이 전혀 없었다고 하면 거짓말이다. 하지만 자존심이 있지, 엄마가 사과도 안 하고 들어오든지 말든지 상관도 안 하는데 내 발로 들어가긴 좀 그랬다. 보아하니 이모는 오늘도 오지 않을 것 같은데 썰렁한 오피스텔에서 혼자 있을 생각을 하니 심란했다. 그리고 재하도 가끔은 혼자 있어 보고 싶을 것이다. 내가 얼마 전까지 그랬듯이.

"이모는 안 들어올지 몰라. 들어와도 너 깨워서 말 걸고 할 수도 없어. 완전 지쳐서 오거든. 걱정 붙들어 매고 쉬어."

나는 재하 마음이 바뀔까 봐 잽싸게 가방을 낚아챘다.

썰렁한 오피스텔에 재하를 남겨 두고 수학학원에 가서 강의를 들었다. 강의실을 제대로 찾아온 게 분명한데 외국어 학원에 앉아 있는 것처럼 하나도 알아들을 수가 없었다. 재하가 대단하다는 생각도 들었고, 참 안됐다는 생각도 들었다. 이제부턴 형이라고 불러 줄까, 하고 잠깐 너그러워지기까지 했다.

집에 들어갔을 때 다행히 엄마는 누군가와 통화를 하느라 나를 자세히 보지 않았다. 아빠는 텔레비전을 틀어 놓고 소파에서 졸고 있었다. 나는 얼른 우리 방으로 들어가 이층침대의 위 칸 재하 침대로 쏙 들어갔다. 구름 속에 들어간 것처럼 포근하고, 푹신하고, 황홀했다.

꿈도 안 꾸고 기절한 듯 잠을 잤다. 희미한 빛과 된장국 냄새와 두런거리는 소리에 서서히 의식이 돌아왔다.
"한 놈은 나가서 며칠이 지나도 전화 한 통 안 하고, 또 한 놈은 집에 와도 눈도 안 마주치고……. 내가 상전들을 모시고 산다니까. 뭐 하러 고생해서 애들 낳고 지극정성으로 키우는지 몰라. 가출한 놈 행여 밥 굶을까 봐 반찬 해다 나르고……. 어제 가 보니 지나 그 기집애 먹을 것도 안 해 놓았더라니까. 냉장고에 성에밖에 없어. 제 일 때문에 조카 데려다 놨으면 귀빈 대접은 못해도……."
"애들도 머리 다 컸는데…… 생각들이 많아서 그럴 거야. 얼른 못 이기는 척 미안하다고 하고 애나 데리고 와."
"미이이이이이안?"
징그러운 벌레라도 본 것 같은 엄마 목소리에 잠이 확 달아났다.
"당신도 심하게 몰아붙였다고 인정했으면서 뭘 그래?"
"부모자식 간에 그럴 수도 있는 거지, 사과는 무슨……."
엄마는 더 이상 펄쩍 뛰지 않고 말꼬리를 흐렸다. 인정한다는 의미로 받아들여도 될 것 같았다. 갑자기 내 마음이 말랑해져서

"맞아요, 부모자식 간에 뭐……"라고 말할 뻔했다.

"철조망 쳐 놓은 것 같아 다가가기도 힘들다며? 당신이 사과하지 않으면 그 철조망이 더 견고해질 텐데……."

"자식들이 말이라도 걸라치면 핸드폰에 코 박고 눈길 한번 안 주니 그러지. 핸드폰을 지 에미애비보다 더 끔찍하게 생각한다니까. 핸드폰 처치하고 나니 어찌나 속이 후련하던지……. 내가 다시는 핸드폰을 사 주나 봐."

"그럼 뭐 해. 핸드폰 장만한다고 지금 밖에 나가 저러고 있는 거 아니야?"

"내가 어찌나 두고 보는 거야."

아~ 핸드폰 때문이었던 거다. 우리가 철조망을 두르고 있다고 느꼈던 건. 엄마도, 참. 핸드폰에 질투심을 다 느끼고…….

나는 아빠가 나가자마자 욕실로 들어가 잽싸게 씻고 밥도 안 먹고 집을 빠져나왔다. 재하가 걱정되었다. 녀석, 아침은 먹었을까? 학교에 가서 보니 녀석도 멀쩡했다. 이모한테 들키지 않았는지 나를 향해 손가락으로 브이 자를 만들어 보였다. 이모도 생각보다 둔한 것 같다. 저렇게 철딱서니 없어 보이는 애를 나로 알다니.

마지막 촬영을 하는 날은 일요일이었다. 쌈박기획 직원들은 일요일인데도 누구 하나 불평하는 것 같지 않았다. 광고 내용은, 너무 바빠 집에서 얼굴 보기 힘든 가족들이 문자로 서로를 챙기면서 가족애를 느낀다는 것이었다. 내 역할은 휴일도 없이 밤늦은 시간까지 슈퍼마켓에서 일하는 엄마에게 결혼기념일 선물로 파도소리 갈매기 소리 들리는 바다를 동영상으로 보내는 중딩이었다. 여전히 닭살이었다. 그래도 성적표 보내는 애보다는 백번 나았다

내가 나오는 장면을 마지막으로 촬영이 다 끝났다. 짧은 기간이었지만 모든 게 끝났다는 생각을 하자 눈물이 살짝 나려고 했다. 감독님이 내 연기를 보고 엄지손가락을 치켜세웠다. 내가 연기를 좀 했나 보다.

촬영을 마치고 다 같이 저녁을 먹었다. 이제 볼 일이 없을 거라 생각하니 섭섭했다. 특히 예린이 누나. 누나가 빨리 떠서 텔레비전에서 자주 봤으면 좋겠다. 나는 예린이 누나한테 사인을 열 장 받았다. 나중에 어떻게 될지 모르니까. 누나가 쑥스러워하면서 사인을 해 주었다. 왕에게도 한 장 줄 작정이다.

그런데 박동화 아저씨가 나를 바라보는 눈빛이 예사롭지 않았다. 혹시? 아저씨네 출판사에서 나오는 책 광고 모델로 나를 점찍은 게 아닐까?

"이제 다 끝났으니 집으로 가라. 약속은 약속이다."
이모가 집 앞에 내려 주면서 말했다.

"치사하게 끝나자마자…… 핸드폰도 아직 안 받았는데."

"다음 주에 줄게. 광고는 나가야지. 광고 금세 나갈 거야. 처음에 찍은 건 편집 끝났어."

"싫어싫어, 나 핸드폰 받기 전에는 못 가. 우씨, 완전 사기야."

"시끄럽고요~ 비밀번호 바꿔 놨거든. 와도 소용없네요, 조카님."

이모는 나를 강제로 끌어냈다. 언제 실어놨는지 트렁크에서 짐도 꺼내 쥐어 주었다.

돌아온 탕아처럼 쭈뼛거리며 엘리베이터에서 내리니 엄마가 팔짱을 끼고 서 있었다.

5

며칠 뒤 점심시간. 밥을 먹고 예의 5층 계단에 앉아 왕에게 내 무용담을 늘어놓았다. 예린이 누나가 얼마나 예쁜지, 내 연기가 훌륭해서 모두 감동했다는 둥. 왕은 콧방귀도 안 뀌다가 예린이 누나 얘기가 나오니 관심을 보였다.

그때 문자가 왔는지 왕이 전화기를 꺼냈다. 새 전화기였다.

"와, 전화기 샀냐? 마두 거네. 죽인다."

"이거 빅브라더야. 내가 어디 있는지 우리 엄마는 언제 어디서건 다 알아. 내가 무슨 생각을 하는지는 관심도 없으면서 학원 안 가면 난리 난다니까."

새 핸드폰을 가진 애답지 않게 표정이 아주 시니컬했다. 호들갑 떤 게 민망했다.

왕은 금세 답장을 보내곤 핸드폰을 다시 넣더니 말했다.

"야, 우리 저기 한번 몰래 들어가 볼래? 궁금하지 않냐? 뭐가 들어 있기에 관계자 외 출입금지라고 해 놨을까?"

왕과 나는 의미심장하게 눈빛을 교환했다. 방과 후에 우리는 이곳에서 만나기로 했다.

세 시간 후, 나는 스위스아미 칼을, 왕은 조각칼을 주머니에 넣고 '관계자 외 출입금지' 앞에서 다시 만났다. 그런데 스위스아미 칼도, 조각칼도 쓸 필요가 없었다. 자물통은 잠겨 있지 않았다. 왕이 한 손으로 잡아당기니 맥없이 빠지고 말았다. 문을 열자 뿌연 먼지가 우리를 맞았다. 커다란 종이 상자가 여기저기 아무렇게나 쌓여 있었다.

"야, 이 상자에 혹시 시험지 있는 거 아닐까? 기말고사용 문제지 같은……."

왕의 말을 듣자 가슴이 조금 두근거렸다.

우리는 상자 하나를 열어 보았다. 오래된 교지가 상자 가득 들어 있었다. 다른 상자에는 역시 오래된 가정통신문, 망가진 실험 도구들, 뭐 그런 게 대부분이었다.

"뭐 이러냐? 관계자 외 출입금지가……."

우리는 실망+어이없음+황당함으로 그저 얼굴을 마주 보고 피식거릴 수밖에 없었다.

"아, 난 또 엄청 중요한 게 있다고."

"별것도 없는데 이게 왜 관계자 외 출입금지냐?"

우리는 키득거리며 '관계자 외 출입금지'를 나왔다. 들어갈 때와 공기의 냄새가 달라진 것 같았다. 왕과 나는 아무 말 없이 운동장을 걸어 나왔다. 자꾸 웃음이 나왔다.

왕이 학원에 간다고 사라지자, 나는 이모 회사로 갔다. 퇴근 시간이 지났지만 오늘도 이모는 야근을 한다고 했다.

"떼어먹을까 봐 찾아왔냐? 빚쟁이처럼."

이모가 서랍 속에서 핸드폰 상자를 꺼내며 눈을 살짝 흘겼다.

"그거 받으러 온 거 아냐."

"그럼?"

"핸드폰 안 받겠다는 얘기 하려고."

"왜? 설마 현금으로 달라는 말씀?"

"그럼 좋지만 원래 핸드폰 받기로 한 거니까 안 받아도 상관없어."

"왜 멋있는 척하는 건데?"

"생각이 바뀌었어. 이제 핸드폰 없이 살아 볼까 해. 그러니까 그거 이모 가지든지 다른 사람에게 넘겨도 돼."

"그럼 전화로 하지, 일부러 왔냐?"

"이러면서 이모 얼굴 한 번 더 보고 좋지, 뭐."

"기특하긴 한데……. 그런데 왜 네가 징그럽게 보이냐. 그새 10년은 늙은 것 같다, 야."

이모가 의심 가득한 눈으로 나를 바라보았다.

음료수 하나를 얻어 마시고 나오는데 이모가 내 주머니에 뭔가를 찔러 주었다. 느낌으로 보건대 (돈이 든) 봉투였다. 모른 척하고 문을 닫고 나왔다.

엘리베이터를 기다리는데 이모가 사무실 문을 열고 큰 소리로 말했다.

"재형아! 오늘 sbs 8시 뉴스 시작 전에 광고 첫방 나간단다. 얼른 들어가서 봐. 광고 죽이게 나왔어."

시계를 보니 6시 50분이었다. 아직 여유가 있었다.

그런데 8시가 되기도 전에 광고를 만나고 말았다. 지하철역에 예린이 누나가 마두 핸드폰을 들고 통화를 하는 광고판이 붙어 있는 것이었다. 사진도 실물만큼 예뻤다. 예린이 누나가 들고 있으니 핸드폰이 더 근사해 보였다. 문득 후회가 파도처럼 밀려왔다.

다시 쌈박기획으로 들어가 이모한테 핸드폰을 달라고 할까, 하는 마음을 꾹꾹 누르고 지하철을 탔다.

'광고 보고 핸드폰 갖고 싶어지면 어쩌지. 괜히 안 갖겠다고 했나?'

집 앞 지하철 역에 내리니 7시 40분이었다. 나는 부리나케 집으로 달려갔다.

광고는, 정말 실망이었다. 사람들이 이 광고를 보고 핸드폰을 사고 싶어 할지 어떨지는 잘 모르겠지만 내가 열연한 부분이 어쩜 저렇게 사정없이 잘렸는지 정말 기가 막혔다. 게다가 제대로 나온 한 장면마저 얼굴이 완전 호빵처럼 부푼 데다 핸드폰을 만지고 있는 내 모습이 내가 그렇게 경멸해 마지않던, 입을 삐죽 내민 재하 얼굴처럼 나온 것이다. 절대 인정할 수 없었다. 이모가 나 몰래 재하를 데려다 광고를 한 번 더 찍은 게 틀림없다. 저건 내 모습이 절대 아니다. 크아악~

ⅲ 작가의 말

 네 사람이 모였다. 같은 주제로 연작 형태의 글을 써 보지 않겠냐는 바람의아이들의 제안으로. 그런데 그 주제가 '가족'이란다. 가족이라니. 언제나 우리를 둘러싸고 있으면서도, 의심할 나위 없이 소중한 것임에도 종종 그 가치가 폄하되곤 하는 '공기'와 유사한 단어. 너무나 낯설게 들렸다. 그 자리에서 우리 넷 중 누구도 못하겠다고, 어려울 것 같다고 말하지 않았다. 모두 어떤 생각이었는지는 모르겠는데 난 편집자가 프랑스에서 공수해 온 포도주에 넘어간 게 아닌가 싶다. 우린 모두가 퇴근한 늦은 시간에 편집자의 호젓한 방에서 포도주를 찻잔에 따라서 나눠 마시며 얘기를 나누었다. 그때만큼은 뭐든지 쓸 수 있을 것 같은 자신감이 솟았다. 포도주가 조화를 부렸던 것 같다. 아스테릭스의 물약처럼.
 가족폰이라는 핸드폰 광고를 촬영하면서 만나게 되는 네 명의 가상 가족에서 나는 중학생 아들의 목소리를 맡기로 했다. 마침 또래의 아들이 있기에 좀 수월하지 않을까 하는 속셈도 있었다. 광고의 기본적인 내용과 광고회사의 배경 설명은 경쾌한 임태희 작가가 재빠르게 구성해 내서 슬쩍 업혀 갈 수 있었다. 우리 네 사람은 몇 번의 만남과 카페에서의 의견 조율을 거쳐 각자의 방에 처박혔다.

순조롭게 시작했으나 쉬울 거라는 생각은 하지 않았다. 넷이서 함께 벤다이어그램을 그려야 하므로 조화와 균형은 말할 것도 없고 치열한 토론이 있어야 했으니……. 짐작대로 쉽지 않았는데, 공동 작업이어서는 아닌 것 같다. 오히려 주제와 소재를 던져 주었으니 시작과 함께 반은 된 것이었다. 상황에 대한 공유도 했고, 서로의 영역에 침범하는 내용은 최소한으로 하자고 했으니. 문제는 주제였다.

그런데, 가족이 뭐지? 글을 쓰려고 모니터 앞에 앉은 나는 한참 동안 우리 식구들의 영상 말고는 아무것도 떠올릴 수 없었다. 대학 신입생이 되어 치른 첫 번째 시험에서 철학개론 시험지를 앞에 놓고 난감해하던 상황과 비슷했다. 가족. 가족. 가족. 가족. 이 단어를 놓고 생각을 쥐어짜고 있을 때 이상하게 부정적인 개념만 떠올랐다. 가족은 상처고 폭력이고 올가미고……. 얼마나 따스하고 편안하고 든든하고 위안을 주는 단어인지 모르고 말이다.

그런데 산전수전 겪을 만큼 겪은(겪었다고 생각하는) 어른인 나와 아직 겪어야 할 것이 많은 청소년들에게 '가족'이 같은 단어가 아닐지 모른다는 생각이 들었다. 그들의 목록에선 가족보다는 우정이, 식구보다는 친구의 순위가 높을 것 같았다. 나는 내가 만든 재형이라는 아이와 우리 집 청소년에게 슬며시 말을 걸었다. 둘 다 좀처럼 마음을 열지 않았다. 내가 대화를 시도할수록 그들은 더 꼭꼭 숨는 것 같았다. 어쩌면 그들만의 방식으로 마음을 열었는데 내가 알아채지 못했을지도 모른다.

이 작업이 진행되는 동안 나는 한 달여 동안 가족과 떨어져 여행할 기회가 있었다. 오래 전부터 꿈꿔 오던 일이었다. 평소 수틀리면 가족들에게 입버릇처럼 "제발 내게 자유를 줘"라고 외치곤 했다. 식구들 뒤치다꺼리에 짜증이 날 때마다 그들이 얼마나 의존적인 사람들인지 성토하곤 했다. 여행을 가서 그토록 꿈꾸던 자유를 만끽하던 중 내가 얼마나 정서적으로 그 가족들에게 의존적인지를 깨닫게 되었다. 몸은 한껏 자유로웠으나 마음은 그렇지 못했다. 보이지 않는 실이 지구를 반 바퀴 돌아 나를 따라왔던 것이다. 멋진 풍경을 보면 감탄하기도 전에 "다음에 식구들과 다시 와 봐야지" 하는 생각을 했다. 신기한 물건을 보고 지갑을 열고 나서 보면 내게 필요한 물건이 아니었다. 나는 여행하는 내내 가족들을 데리고 다녔다. 돌아와서 나 없이도 별일 없이, 아주 건강하게 지내고 있는 식구들을 보고 살짝 배신감까지 들었다.

지금도 여전히 '가족'은 답안지에 뭐라고 써야 할지 알 수 없는 어려운 문제다. 하지만 이젠 그 지긋지긋한 나의 가족을 내가 많이 사랑하고 있다는 것은 알게 되었다.

청소년이 주인공인 글을 쓴 건 처음이다. 내가 그들을 제대로 묘사했는지, 제대로 이해했는지 모르겠다. 이 글에서 청소년의 목소리가 생생하게 들리지 않는다면 나그네의 옷을 센 바람으로 벗기려고만 했던 지혜롭지 못한 글쓴이의 탓이다. 하지만 난 앞으로도 꾸준히 그들에게 말을 걸 것이다. 이번 글쓰기는 내겐 수업과 같았다.

이 책이 바람의아이들의 백 번째 책이 될 거라고 한다. 그 백 권의 책 중 신인들의 책이 상당히 많은 것으로 알고 있다. 내 글 역시 바람의아이들을 통해 책이라는 꼴을 갖추어 처음으로 독자와 만나게 되었다. 여기저기서 거절당하고 내 능력을 의심하던 때였다. 앞으로도 바람의아이들이 막 벽을 오르기 시작한 작가 지망생들에게 오르다 떨어져도 다시 오를 수 있는 용기를 주는 곳이 되길 바란다.

글을 쓴다는 것이 사람 속에서 이루어지는 일이라는 걸 다시 한 번 깨닫게 해 주고 카페에서 열심히 말을 걸어 준 최윤정 선생님과 임태희, 임어진, 김해원 세 분 작가들에게 고마움을 전한다.

김혜연

청소년기의 난 참 뾰족한 아이였다. 가슴을 콕콕 찌르는 말로 주변 사람들에게 숱하게 상처를 주었고, 보이는 모든 것이 못마땅해 늘 인상을 쓰고 다녔다. 그런데 지금은 점점 무뎌지고 둥글둥글해지고 매사에 너그러워지고 있는 것 같다. 어른이 되어서인지, 동화작가가 되어서인지 모르겠다. 이게 좋은 건지 나쁜 건지도 모르겠다. 가끔은 그 시절의 내가 그립다. 고드름 같았던, 차갑고 뾰족했지만 뜨거운 것 앞에선 녹아서 줄줄 흘러내리던 그때가…….

아르고스의 외출 | -임어진

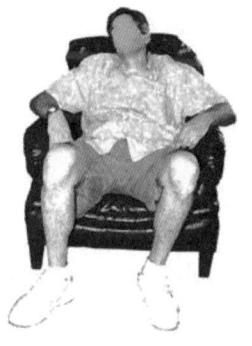

1

쌈박의 느닷없는 제안을 받은 건 정 대리가 떠난 바로 그날이다. 옆 건물에서 일하는 옛 직장 후배 정 대리는 점심시간을 앞두고 다급한 얼굴로 찾아왔다.

"선배님. 제발 저 좀 봐주세요. 저 이번 일정에 합류 못 하면 평생 후회하며 살 거 같아서 그래요. 이게 얼마나 중요한 여행인지 아세요, 저한테? 겨우 시제품 하나 때문에 제 인생이 엉망이 되면 안 되잖아요."

엄살인지 진심인지 어쨌든 통사정을 하는 정 대리에게 나는 어이없는 얼굴로 되물어 볼 수밖에 없었다.

"뭐, 겨우? 시제품 하나? 야, 너 너네 회사 일을 그렇게 말해도 되는 거냐? 그리고, 그 겨우인 일을 하늘 같은 이 선배한테 시켜? 아무리 중원의 도가 무너져도 유분수지, 야, 인마. 너 그거 엄청난 하극상이야. 알아?"

내 엄포에도 아랑곳 않고 정 대리는 아예 눈을 딱 감고 엉겨 붙었다.

"아이, 선배님. 제가 평소에 또 깍듯이 모시잖아요. 이게 오전에만 나와도 제 손으로 해결할 생각이었다니까요. 오후 늦게야 테스트가 끝날 거라고 개발부에서 버티는 걸 어떡해요. 원래 그저께 나오기로 했던 거였거든요. 전 그래서 걱정도 안 하고 비행기 예약 다 해 놨는데. 선배님, 정말 딱 한 번만 봐주세요. 그 쌈박 사무실이 선배님 댁 바로 근처거든요. 그러니까 제가 이러죠. 저 정말 이번에 거기 가려고 일 년 동안 휴가 모으고 술 안 먹고 연애도 미뤘단 말예요. 이번 기회에 못 가면 정말 저 죽어요."

한숨이 나왔다.

"거기가 도대체 어딘데?"

정 대리 눈이 대번에 해롱해롱해졌다.

"안나푸르나요."

그 말은 마치 안드로메다요, 하는 것처럼 아득하게 들렸다. 이 지구별의 가장 높은 산, 히말라야의 아름다운 봉우리. 아무도 범접할 수 없는 높이로 솟아 홀로 오연한 신의 산 그곳.

난데없는 찬 기운이 스치면서 하얀 눈가루가 눈속으로 날아든 것만 같았다. 나도 모르게 눈을 깜박였다. 마른 눈꺼풀이 쓰라렸다.

"거, 거길 왜 가는데?"

내 물음은 내 귀에도 참 아둔하게 들렸다.

"왜 가긴요? 좋으니까, 가 보고 싶으니까 가는 거죠."

정 대리 대답도 동네 민둥산만큼이나 밍밍했다. 아니 차라리 틈만 나면 나타나 성가시게 굴던 평소 때 모습다웠다. 나는 정 대리 뒤통수를 가볍게 한 대 먹이는 시늉을 하며 혀를 찼다.

"으이그, 심금을 좀 울리면 어떻게 봐줄까 했더니, 폼 나는 핑계도 하나 없냐, 어째?"

정 대리는 더 이상 내 말에 토 달 기분이 아닌 거 같았다. 정말 급한 표정이다. 출발 시간이 많이 남지 않은 모양이다.

"저어, 정말 진심으로 부탁 좀 드릴게요. 선배님. 이번 한 번만 좀 도와주세요. 저 지금 나가야 해요. 이따 개발부 김 형이 선배님께 전화하고 이리로 가지고 올 거예요. 정 전해 주기 싫으면 안 하셔도 돼요. 업무 차질 생겨서 저희 회사에 손실 발생하면, 저 그냥 다녀와서 고스란히 책임지고 잘리도록 할게요. 그럼 전 이만."

그러고 정 대리는 정말 떠나 버렸다. 선물 잊지 말라는 말도 미처 못했다.

2

 쌈박은 금방 눈에 띄었다. 워낙 튀는 간판이라 그냥 지나치기도 어려웠을 거다.
 "피엘 정성민 대리가 부탁을 해서 이걸 좀 전해 주러 왔는데요."
 쌈박의 문을 두드리고 들어서기 바쁘게 나는 방문한 이유를 일사천리로 읊었다. 자칫 우물거리다가는 조잡한 물건을 팔러 온 외판원 같은 걸로 엉뚱한 오해를 받을 수도 있기 때문이다. 다행히 쌈박 사람들은 내 말을 제대로 알아듣고 안으로 반겨 들였다.
 "아, 예. 정 대리님이 전화로 사정 얘기는 했어요. 선배 분께 대신 부탁을 드려 놓았다구요. 저 성함이……"
 "예? 아, 박동화라고 합니다만."
 이 일과 아무 상관도 없을 텐데 이름까지 알 필요가 있을까? 그래도 곧이곧대로 그렇게 얘기할 수는 없으니까.
 "네, 박동화 선생님. 저는 안지나구요. 출판 일을 하신다고……"
 정성민 자식. 쓸데없이 남 이야기는 왜 시시콜콜 해 놓았담. 나도 모르게 미간이 찌푸려졌다.

"아, 예. 그냥 혼자 하는 조그만 뎁니다. 아르고스라고."
"아르고스요? 저도 읽은 거 있어요.『문명의 그늘』, 맞죠?"
"아, 예에."

머쓱하게 웃고 말 뿐이다. 펴낸 지 벌써 십 년 가까이 되는 책이니 화제 삼기 뭐한데도 진단한 관점이 괜찮았는지 꾸준히 나가는 번역서였다. 여기도 독자가 한 명 있는 셈인가.

거기까지는 괜찮았다. 이제 가 봐도 되겠지? 아니, 어서 나가야지. 그렇게 생각하며 몸을 돌려 인사를 하려고 할 때였다.

"이리 좀 앉으세요. 여기까지 오셨는데 저희 사무실 구경도 좀 하시구요."

안지나라는 여자는 나에게 자리를 권하고는 사무실 구석으로 가 작은 냉장고 문을 열며 자기네 동료 쪽을 돌아봤다.

"철수 씨, 이거 박 선생님 좀 내드려도 되지요?"

여자가 작은 과일 주스 병 두 개를 꺼내 흔들어 보이자, 염색머리 남자가 가볍게 고개를 끄덕였다. 여자가 내 앞에 주스 병을 내려놓으며 자기도 맞은편 자리에 다시 앉았다. 그러다 두 사람이 뭔가 심상치 않은 얼굴로 나를 유심히 보았다. 둘은 잠시 눈을 마주치더니 일어나 뒤쪽 자리에 앉아 있던 사람들에게로 가 또 뭔가를 숙덕거렸다. 아주 언짢은 상황이었다.

무례한 사람들이군. 역시 그만 일어나는 게 좋겠어. 뭐 이런 회사가 다 있어. 정성민 돌아오기만 해 봐라. 너 그런 데랑 거래하냐? 야, 좀 제대로 된 데랑 해라. 그게 뭐냐? 회사 이름부터 참. 그러니 애들도 다 이상하고……. 너 괜히 아까운 시제품만 하나 버린 거 같다. 나 역시 이게 무슨 시간 낭비람.

그런 생각을 하며 막 의자에서 몸을 일으키려던 참이었다.

"저, 혹시 저희 광고에 출연 좀 해 주시면 안 될까요?"

나는 뭔가 잘못 들은 거라고 생각했다. 안지나라는 여자가 그 말을 또 한 번 되풀이했다.

"저희 광고에 모델 좀 해 주세요, 박 선생님."

나는 그 말뜻을 한 마디씩 다시 되짚어 새겨 보고는 곧 어이없는 헛웃음을 터뜨렸다.

"허허. 아니, 지금 무슨 얘기 하시는 겁니까?"

안지나 과장(그 시점에 명함을 건네받았으므로 나도 명함을 꺼내 건넸다)은 웃지도 않고 다시 말했다.

"말 그대로 광고 모델이요. 저희가 이번에 핸드폰 신제품 광고 하나를 시리즈로 만들어 보려고 하거든요."

철수라는 염색머리 친구도 제 명함(대리라는 직책이 이름 옆에 붙은)을 내밀며 안지나 과장 말을 거들었다.

"우리 주위의 일반 가정을 모델로 해서 만들 거라서요. 얼굴이 잘 알려진 연예인보다 일반인 중에서 배역 인물을 찾고 있는 중입니다."

나도 진지하게 의사를 밝히지 않을 수 없었다.

"아무리 그래도 나 같은 사람이 무슨 광고를 찍습니까? 카메라만 봐도 몸이 굳는 타입인데요."

"박 선생님 외모나 분위기가 저희 광고의 아버지 역할이랑 아주 딱이어서 그래요. 요즘 사람들 카메라에 너무 익숙해서 저희는 오히려 별로거든요. 거의 모두가 연예인 같잖아요. 저희는 평범한 아버지 느낌을 원하고 있어요. 그리고 어차피 연습을 많이 하고 찍을 거니까 너무 걱정 안 하셔도 돼요."

"제가 아버지 역할이라면, 다른 사람들도 같이 나온다는 얘긴 가요?"

"네. 40대 부모와 청소년기 남매, 네 사람으로 구성될 거예요. 그런 보통 가족으로 만들어 보려고요."

나는 가볍게 고개를 저으며 엉거주춤 자리에서 일어났다.

"글쎄요, 너무 갑작스런 얘기라…… 지금은 뭐라고 대답하기가 어렵네요. 생각을 좀 해 보고……."

안지나 과장은 흔쾌히 고개를 끄덕이며 나를 문밖으로 배웅했다.

"네. 그럼요. 지금 확답 주시기는 당연히 어려우시죠. 좀 생각해 보시구요. 제가 다시 연락 드리겠습니다."

엘리베이터에 몸을 실으며 그네들에게서 놓여났다는 안도감에 마음을 놓다가 나도 모르게 피식 웃고 말았다.
"웬 뚱딴지 같은 소리…… 그런다고 놀라긴, 나도 참……."
생각은 거기서 멈추었다. 똘배에게서 온 전화가 울리고 있었다. 똘배 목소리는 여전했다. 수화기 밖으로 왁작왁작 튀어나와 역시 얼떨결에 주위 눈치를 보게 했다.
"어이, 왕눈이!"
다행히 주위에는 아무도 없다.
"어, 그래. 어디냐?"
"나야 뭐, 일 마치면 제격 집이지. 지난번 향우회 단합대회는 왜 안 왔어?"
그거 물어보려고 전화했구나. 똘배는 이제 그런 데도 슬슬 나가고 그러는가 보네. 조그맣게 꾸려 오던 설비업체가 이젠 그럭저럭 자리 잡혀 가는 모양이다. 밑천도, 비빌 부모 형제도, 자기는 가진 게 아무것도 없다고, 언젠가 힘든 일이 생겼을 때 기어코 한 차례 속울음을 토해 놓더니만……. 그래도 아들 준석이 녀석 얼마나 의젓하냐고, 준석 엄마 얼마나 야무지냐고 힘내라고 하자, 그 와중에도 눈물 달고 헤벌쭉 웃던 친구.
똘배야 그렇지만, 시끌벅적한 향우회 같은 덴 전혀 관심 없다. 그런 겉치레 관계들은 정말 사양하고픈 마음이다. 나는 대충 얼버

무렸다.

"으응, 그날 일이 좀 많았어."

똘배는 더 묻지 않았다. 조만간 한번 보자는 한결같은 인사만 우리는 다시 주고받았다.

3

"박 선생님. 저 쌈박기획의 안지나입니다. 기억하시죠?"

마케팅 쪽을 맡아 주고 있는 대행회사 책거미의 민부장과 오전 미팅을 마치고 얼마 지나지 않아 나는 안지나 과장의 전화를 받았다. 민부장이 인문서 출판만으로 생존을 유지하기 어려운 현실을 환기시키며, 처세서로 급부상한 다다북스의 인수 의사를 슬쩍 전하는 통에 생각이 복잡하던 참이었다. 쌈박 일은 더구나 전날 사무실에서 나오자마자 똘배와 통화하며 다 잊고 만 터라, 마치 채무라도 떠올린 사람처럼 나는 움찔했다.

"좋은 방향으로 생각해 보셨으리라고 강력히 희망하면서요, 내일쯤 퇴근하시고 멤버 미팅 한번 하시자고 전화 드렸어요."

생각을 정하기는커녕 그 일을 아예 잊고 있었는데, 웬 멤버 미팅?

"같이 나올 아이들 모델도 정해졌거든요. 이제 확실하게 박차를 가할 수 있을 거 같아서요."

안지나 과장은 마치 내가 모든 걸 동의하고 수긍하기라도 한 것처럼 거리낌 없이 앞서 갔다.

"어, 아직 나는……."

"일단 그 학생들하고 같이 만나서 얘기를 한번 나눠 보시면 어떨까요? 박 선생님은 자녀분도 있을 테니, 아이들에게 여러 모로 풍부한 조언도 해 주실 수 있을 거 같거든요."

그 말에야 딱히 거절할 핑계를 찾지 못하고 우물거리다 그만 어정쩡하게 대답을 하고 말았다.

"그건 아니지만……. 알았어요, 그럼."

나는 더 갈 일 없을 줄 알았던 쌈박 사무실을 다음 날 다시 들렀다.

안지나 과장과 박철수 대리는 마치 내가 자기네 회사 사람이라도 되는 듯이 익숙한 태도로 맞았고, 탁자 앞에 어색하게 앉아 있던 남자아이 하나도 몸을 일으키며 반 인사하는 시늉을 했다.

"인사 드려. 아버지 배역을 맡아 주실 걸로 우리가 매우 바라고 있는 박동화 선생님이셔."

"안녕하세요."

내 뒤로 여자아이 하나도 곧 따라 들어왔다. 안지나가 다시 한번 인사를 시켰다.

"안녕하세요. 공예린입니다."

남자아이는 짧은 까까머리를 애써 손질한 티가 역력했고, 여자아이는 이름처럼 여리여리한 아이였다.

"얘는 저희 사정으로 급 조달해 온 제 조카 김재형이구요. 예린이는 수많은 경쟁자들을 물리치고 당당히 캐스팅된 차세대 연기 기대주예요."

안지나의 보충소개 말을 들으며 나도 어정쩡한 자세로 마주 인사를 했다. 안지나 과장은 이로써 일이 다 성사되기라도 한 것처럼 뿌듯한 얼굴로 모두에게 자리를 권했다.

"자, 모두 앉으세요. 이제 인사도 나눴고, 곧 우리의 야심 찬 가족 광고 프로젝트 회의를 시작하도록 할게요. 철수 씨. 준비 좀 해주시겠어요?"

야심이라. 이 조그만 사무실에서 머리며 복장 이상한 저 늙다리 젊은이들 두엇과 비리비리한 학생 아이 둘과 과연 어떤 야심을 품을 수 있을까. 아니 나 자신, 품을 야심이 있기나 한가. 나는 공연한 상념이 드는 걸 애써 밀쳐내며 마른 손으로 얼굴을 부비고 사람들을 다시 살펴보았다. 아이들은 역시 아이다운 기대감에 점점 더 눈빛들이 살아나고 있었다. 그래도 나는 어쩐지 여전히 골목 아이들 소꿉놀이에 혼자 어정쩡 끌려 들어간 어른처럼 어색하고 불편했다.

곧 하겠다던 회의는 10분이 지나 시작되었다. 박철수 대리가 시리즈별 콘티 설명을 마치자 안지나 과장이 종합 마무리를 했다.

"광고는 이렇게 네 편의 시리즈로 나갈 거예요. 전체 주제는 통일성을 유지하면서, 네 사람의 이야기는 서로 다른 에피소드로 각각 전개되는 거지요. 아버지 편에서는 여기 박동화 선생님이 트럭 운전수인 아버지로서 역할을 해 주시는 거고, 제가 핸드폰 문자로 딸하고 소통하는 엄마 역. 예린이, 재형이는 지금 그대로 여고생 딸, 중학생 아들. 그렇게 설정해서……."

남자아이가 아까부터 볼멘 얼굴이더니 기어코 한마디 했다.

"이모, 암만 봐도 엄마 같지 않다 뭐."

옆에 앉아 있던 여자아이가 살짝 곁눈질을 했다. 나는 너털웃음을 지었다. 얀마, 그런 말을 할 땐 웃어도 돼! 하지만 남자아이는 자못 심각한 얼굴이었다. 안지나 과장도 허탈한 웃음인지 어이없는 웃음인지 잠시 웃고는 목청을 돋웠다.

"알았어! 많이 연구해 볼게, 엄마 연기. 자, 그럼 왜 우리가 이런 광고 컨셉을 잡았는지부터 설명을 좀 할게요."

안지나 과장, 정말 이러기요? 아직 결정을 안 하고 왔다니까! 나는 난처한 기분이었지만, 일은 아랑곳 않고 일사천리로 나아갔다.

4

"어디야?"
집은 텅 비어 있다. 쌈박에서 느지막이 돌아왔는데 아무도 없다. 며칠째 집에 들어설 때마다 그랬다는 생각이 새삼 떠올랐다.
수화기 너머로 아내가 뭐라고 대답을 했다.
"언제 올 거냐고!"
아내 대답은 주위 소음에 묻혀 잘 들리지 않았다. 아내는 요즘 매장 일을 마치고도 모둠 사람들하고 같이 남아 더 어울리는 눈치였다. 지역 일들에 조금씩 관심을 갖더니 동네 생협 매장에 적을 두고부터는 얼굴에 부쩍 생기가 돌고 있었다.
"지금이 몇 신데. 얼른 들어와."
어차피 잡음 때문에 제대로 전달되지도 않을 말이다. 나는 민주에게도 걸어 보았다. 민주 전화는 꺼져 있다. 지금은 통화를 할 수 없으니 메시지를 남기려면 1번을, 누르라고만 한다. 나는 망설이다가 짧은 음성 메시지를 남겼다.
'빨리 와라.'
요즘은 두 사람의 귀가 시간이 점점 더 늦어지고 있는 거 같다.
"학원 마치는 시간이 몇 신데. 거기서 어떻게 더 빨리 오냐고."

"애도 늦고 당신도 늦는데, 멀거니 혼자 있으면 뭐 해. 괜히 빈 둥지 증후군에나 시달리지. 사람들하고 저녁 산보도 하고, 이런저런 얘기도 하고 그러니까 좋잖아. 안 그래?"

아내와 민주의 주장은 번번이 완강했다. 그래도 어쩐지 나는 부아가 치미는 느낌이었다. 빈집에 들어설 때면 왠지 그랬다. 아내는 되레 핀잔을 주었다.

"당신, 왜 그래? 여태 안 그러더니."

전에는 안 그랬던가? 기억이 나지 않는다. 늘 바빠 일에 쫓기다가 허겁지겁 들어서면 그게 다였다. 그때 아내는 어땠지? 민주는? 왜 두 사람의 시간에 대해서는, 또 두 사람의 집에 대해서는 제대로 생각해 본 적이 없을까.

"나야말로 갱년기인가."

중년 부인들만 빈 둥지 증후군을 앓는 게 아닌 모양이다. 나는 씁쓸하게 웃으며 집 안의 등 스위치들을 모두 켜 환하게 불을 밝혔다. 온 집이 밝아지자 기분도 좀 나아지는 거 같았다.

"으응, 알아. ……정말? 킥킥."

현관문 자동키 누르는 소리와 함께 민주 통화 소리가 섞여 들려왔다. 나도 모르게 현관 쪽으로 다가가다가 멈춰 섰다. 민주는 핸드폰을 귀에 댄 채 나를 힐끗 보고는 눈만 잠시 깜박이고 제 방으로 들어갔다. 그냥 넘어가자, 아냐. 한마디 해야 해. 마음속에서 두 가지 생각이 마구 실랑이를 했다. 우선 마음을 가라앉혀야지. 나는 소파에 앉은 채 마음이 담담해지길 기다렸다. 충분히 시간이 흐르고 민주와 조용히 얘기 나눌 수 있을 정도가 되었다. 하지만 민주는 여전히 제 방에서 통화 중이다. 간간이 웃음소리가 높아지기도 했다. 나는 얼굴을 찌푸리며 다가가 민주 방문을 두드렸다. 민주는 잠시 통화를 멈추며 느긋하게 물었다.

"잠깐만. 아빠, 왜에?"

"좀 나와 봐라. 아빠랑 얘기 좀 하자."

"으응, 금방 나갈게."

하지만 시간은 또 한참 지루하게 흘러갔다. 그사이에 아내가 돌아와 무언가 잔뜩 불어 있는 내 표정을 보고는 별말 없이 씻고 나와 남아 있던 집안일을 마저 했다. 그래도 민주는 아직 방에서 나올 생각을 않는다. 나는 그만 더 참지 못하고 소리를 쳤다.

"박민주! 어서 못 나오냐? 아빠가 얘기 좀 하자는데 뭘 하고 있어?"

그제야 민주는 방문을 열고 아직도 한 손에 핸드폰을 든 채 놀란 눈으로 나를 보았다.

"아빠……."

"당장 이리 나와서 여기 앉아 봐."

굳이 이렇게 딱딱대며 말하고 싶지는 않았는데, 아이는 왜 자꾸 내 인내심을 시험하는 걸까. 민주는 험악해진 내 목소리를 눈치채고는 머뭇머뭇 앞으로 와 앉았다.

"너 누구랑 그렇게 통화를 오래 하는 거냐?"

조심하자, 조심. 나는 감정선이 자꾸 흐트러지려는 걸 애써 달랬다.

"친구랑."

"친구 누구?"

"윤서라고, 있어."

"어떤 앤데?"

"……어차피 얘기해도 아빠는 기억 못하잖아."

"너, ……아까 아빠가 전화한 건 아냐? 그때는 왜 안 받고 꺼 놨냐?"

"학원에서 수업 들을 때는 원래 꺼 놔."

"그럼 다시 켰을 때 전화 온 거 보고, 네가 아빠한테 전화해야 하는 거 아니야?"

"깜빡했어."

나는 속에서 무언가가 툭 끊어지는 느낌이었다.

"넌 친구랑 그렇게 오래 통화할 생각은 하면서, 어떻게 아빠 전화는 잠깐도 생각 안 할 수가 있냐, 응?"

치졸한 질투 같군. 속으로 아차 하는데, 아내가 개입을 했다.

"여보, 그만해. 늦었어. 민주 너도 아빠한테 미안하다고 말씀드려."

화는 그만 아내에게로 즉각 옮아갔다.

"그러는 당신은 뭐 하는 사람이야? 늦은 줄은 알아?"

아내 얼굴이 순간 굳어졌다. 서로 내뱉는 말들이 모조리 뾰족한 가시가 되는 시간이 결국 다가왔다. 그럴 때는 누구라도 먼저 박차고 일어나야 한다. 그만! 그만합시다! 오늘은 일단 자고, 내일 얘기합시다! 하고, 말해야 하는 시점인 것이다. 그러나 누구도 그 순간만큼은 그런 현명한 인간 따위 되고 싶어 하지 않는다. 그리고 번번이 익숙한 후회를 남긴다.

5

"자, 박 선생님은 지식인 느낌이 물씬 나면서도 또 안 그래 보이는 지금 그 묘한 불일치감을 잘 살리셔야 해요."

칭찬인지 흉인지. 박철수 대리가 어디선가 가져온 조잡한 모양새의 색색가지 옷들이며 물건들을 잔뜩 갖다 쏟아 놓았다. 안지나 과장은 한 술 더 떠 그것들을 마구 뒤적거려 가며 멤버들에게 대보기 바빴다.

"이게 다 뭡니까?"

내 질문에는 신경도 안 썼다. 아이들도 덩달아 들뜨는 거 같았다.

"우리 무슨 삼류 영화 찍는 거 같다."

재형이가 역시 웃지도 않고 눈만 반짝거리며 중얼거렸다. 안지나 과장이 실실거리며 고개를 끄덕였다.

"이럴 땐 키치 풍이라고 하는 거야. 으리번쩍한 건 솔직히 우리 취향도 아니고, 우리같이 작은 데서 큰 데들하고 비용 경쟁을 할 수는 없잖아. 한 마디로 개성으로 밀고 나가는 수밖에 없지."

"그런데 광고할 게 핸드폰이라면서요. 핸드폰까지 너무 싸구려 같아 보이면 반응이 안 좋을 거 같은데요."

예린이가 그 세계 내용을 좀 아는 아이답게 조심스레 의견을 내놓았다. 내 생각도 마찬가지였다.

"글쎄, 제가 보기에도 이건 너무 조악한 느낌이 드는데요. 이런 것들로 어떻게 가족 얘기를 하겠다는 건지……."

안지나 과장이 큭큭 웃고는 다시 한숨을 내쉬었다.

"사실 카피는 나와 있거든요. '지금 하세요'로. 미루다 놓치지 말고, 잃지 말고, 사랑이든, 용서든, 결별이든, 계약이든! 바로 지금 하라고요. 우리가 광고하는 바로 새 핸드폰을 이용해서 말예요. 그런데 그걸 정색하고 따뜻한 가족 이야기로만 접근하려니까 다들 좀체 몸이 안 풀리는 거 같아서요. 너무 썰렁하고요. 그래서 좀 확 비틀어 보려고요. 키치 풍으로든 B급 정서로든. 그게 웬만큼 되면 대본대로 갈게요."

나는 일단 고개를 끄덕였다. 이해 못할 얘기는 아니다.

"좋아요. 무슨 얘긴지 알아는 들었어요. 다만 내 몸이 이런 분위기에 몹시 부적응 증상을 일으키는 중이라는 사실은 알려 주고 싶군요."

"하하하! 박 선생님 그러실 줄 알았어요. 그 어색함이 바로 저희가 원하던 거라니까요. 바로 지금 그런 뻘쭘한 자세로 가시면 될 거 같아요."

아이들은 뭐가 즐거운지 안지나 과장과 수다를 떨어 대며 주전부리를 돌리고 옷가지들을 뒤적거렸다. 한숨이 절로 나오려 했다. 이게 과연 광고가 될 수 있을까? 공연한 시간 낭비만 하고 있다는 느낌이 마구 밀려들었다. 왠지 세상 철이 도무지 안 들 거 같은 늙다리 젊은이들과 멋모르고 들떠 있는 어린 두 애들에게 휩쓸려 같이 철부지가 되어 버린 기분이었다.

괜한 조바심이 드는 건, 다다북스의 제안을 생각해 봤냐는 책거미 민부장의 전화가 낮에 또 한 번 왔었기 때문인지도 모른다. 아니면 아내나 딸아이에게 뭔가 말 못한 마뜩찮음이 남아 있기라도 한 걸까. 마음을 무장해제라도 시키고 싶은 건지……. 아무튼 이 무슨 어울리지 않는 객기인가, 이 나이에. 괜한 자괴감이 들면서 피로가 몰려왔다. 이상한 소외감도 들었다.

"이제 그만하고 가면 안 되겠소?"

안지나 과장은 내 얼굴을 물끄러미 바라보다 지친 표정을 눈치챘는지 아이들도 둘러보며 얼른 고개를 끄덕였다.

"그렇게 하죠. 오늘은 이 정도로 충분한 거 같아요."

6

집은 역시 비어 있었다. 나는 또 모든 스위치를 켜 온 집에 불을 환히 밝혔다. 티비를 켜고 소리도 일부러 높였다.

민주가 지금보다 어렸을 때에는 그럴 필요가 없었다. 현관문을 열고 들어서는 순간 아이의 웃음소리가 먼저 달려 나오고, 곧이어 두 팔을 활짝 벌린 민주가 덥석 안겨 들거나, 시간이 늦어 벌써 잠든 날에는 대신 아내가 나와 맞아 주고는 했으니까.

언제부턴가 민주는 나보다 더 늦기 일쑤고, 아내조차 자신의 바깥세계에 한껏 머물다 느지막이 돌아왔다. 나는 번번이 뭔가 언짢고 허전하면서도 딱히 뭐라고 할 말이 없었다. 그런데 오늘은 어제 일 때문에라도 그대로 넘어가고 싶지 않았다.

"어! 당신 와 있었네? 언제 들어왔어?"

아내는 무심코 뒤따라 들어서다 밝은 얼굴로 알은체를 했지만, 내 말투는 서걱거렸다.

"우리가 이건 뭐, 하숙생들 같군. 밤에나 자러 들어오는."

아내는 분위기가 예사롭지 않자 애써 웃어 보였다.

"왜 그렇게 말을 해? 집에 사람이 늘 있어야 한다는 법이 어디 있어? 나도 오늘은 일이 많았다고."

"오늘? 날마다 그런 게 아니고?"

빈정거리는 내 말투가 거슬렸는지 아내는 얼굴을 찌푸리며 되물었다.

"당신은 왜 꼭 누가 집을 지키고 있어야 한다고 생각해? 당신도 부인들이 일을 하더라도 남편보다는 먼저 들어와 기다리며 맞아 주어야 한다고 생각하는 거야? 당신, 그렇게 낡은 사람이었어?"

아내는 참았던 말들을 계속 토해 놓았다.

"그거 너무 이중적이라고 생각 안 해? 겉으로는 밖에 나가 사회 활동 열심히 하라 하면서, 자기 생활 달라지고 불편한 부분은 절대 못 참겠다는 거잖아. 그게 이기심이라고는 생각 안 하냐고."

"남편이고 부인이고 그런 거 때문이 아니라 그냥 싫어서 그래, 빈집이. 불 꺼진 빈집에 들어서는 게 싫다구. 그거 이해 못해?"

"여보, 당신은 지금 투정하는 거야. 아이처럼."

나는 그만 할 말이 없어졌다. 어쩌면 그 말이 맞을지도 모른다.

"……그래, 그럴지도 모르지. 그래도 사실이 그런 걸 어떡해."

문득 의문이 들었다. 아내는 왜 그런 감정이 들지 않는 걸까. 내가 전에 일이 많아 여러 날 거푸 늦을 때 아내도 그런 생각을 해 보지 않았을까. 아니면 아내에게는 지금까지 곁에 늘 민주가 있었기에 미처 빈집인지조차 느낄 새가 없었던 걸까? 그런 생각이 막 들었을 때, 집 전화가 울렸다. 민주다.

"아빠……."

민주는 내 목소리를 확인하고 불러 놓고는 마냥 뜸을 들였다.

"왜 안 오고 전화야? 지금 어디냐?"

"아빠, 윤서가 울고 있어서. 나 윤서랑 조금만 더 같이 있다가 갈게."

윤서? 윤서. 어디서 들은 이름인데. 나는 기억을 더듬어 보았지만 잘 떠오르지 않자 짜증이 일려고 했다.

"걔가 왜 우는데? 이 시간에."

"아빠. 윤서 너무 불쌍해. 걔네 집 진짜 좋은데, 윤서는 집에 들어가기 싫대. 무덤 같대. 아빠는 딴 집 살고, 엄마는 말도 안 하고, 만날 혼자만 있나 봐. 나더러 조금만 더 같이 있어 달래. 그러면 이따가 들어가겠다고."

나는 뭐라고 대꾸해야 좋을지 몰라 얼굴만 잔뜩 찌푸렸다. 아내가 무슨 일인가 싶어 내 표정을 살폈다.

193

"민주야, 아무리 그래도 너무 늦었어. 내일 또 보자고 하고 어서 들어와. 알았니?"

"……"

"민주야!"

전화가 끊어졌다. 나는 끊긴 수화기를 든 채 멍하니 있다가 겨우 수화기를 내려놓았다. 민주 핸드폰으로 전화를 걸어 보았지만, 꺼져 있었다.

"뭐래?"

아내가 다급하게 묻는 걸 나는 그 대답조차 마지못해서야 했다.

"윤서가 누구야? 걔가 울고 있어서, 조금만 더 같이 있다 들어오겠대."

"윤서랑? 걔, 어제도 통화하는 거 들었잖아. 저번 일요일에 집에도 잠깐 왔었고."

"몰라. 생각 안 나."

나는 불쑥 말해 놓고, 너무 무심한 대답을 한 거 같아 민망해졌다. 하지만 아내는 다른 걱정 때문인지, 그거로는 더 말이 없었다. 도리어 민주에게 제대로 화를 끓였다.

"이게 밤길이 얼마나 무서운 줄도 모르고, 어딜 이 시간에……. 친구가 매달린다고 뭐든지 맞춰 주면 어떡해. 이런 칠뜨기, 어유!"

내내 씨근거리고 고시랑거리는 아내 때문에 나는 오히려 아무 말도 할 수가 없었다. 그저 시계만 내내 바라보았다. 시계는 어느새 11시를 가리키고 있었다.

"얘가 정말!"

나는 겨우 그 말만을 되풀이할 수 있을 뿐이었다. 하지만 머릿속에서는 온갖 지옥도가 펼쳐지고 있었다. 마흔을 넘겨 무려 쉰으로 달려가고 있는 나이의 남자로서 바깥세상에 대해 입력하고 있던 모든 나쁜 정보들이 부글부글 수상한 기포처럼 되살아나 머릿속을 연옥의 불가마로 만들고 있었다.

"윤서라는 애, 전화번호 몰라? 걔네 집에라도 좀 해 봐."

답답한 마음에 아내에게 성화해 보았지만, 돌아온 대답은 나를 더 답답하게 했다.

"걔, 친해진 지 얼마 안 된 애라 아직 번호 안 물어봤어. 집 번호도 모르지. 이 시간에 누구네 물어볼 수도 없고."

"어휴……."

아내와 나는 경쟁하듯 나오는 한숨소리를 애써 못 들은 척하며, 눈에 들어오지도 않을 신문이며 책을 집어 들었다. 같은 기사를 얼마 동안이나 보고 있었던 걸까. 아내의 책장도 도통 넘어가질 않았다.

"딸깍."

현관문이 열리는 소리가 난 건 밤 12시가 가까워서다. 나와 아내는 의미 없는 활자들 사이에서 흐릿하게 내려 덮여 있던 두 눈을 '번쩍!' 떴다. 민주가 신발을 벗고 마루로 올라섰다. 꼬질꼬질한 모습이긴 해도, 두 팔 두 다리 얼굴, 다 멀쩡해 보였다. 나와 아내는 지옥에서 곧바로 헤엄쳐 살아 나왔다. 그러나 새로운 지옥도는 그때부터 눈앞에서 다시 펼쳐졌다. 제가 뭘 잘못했는지 모르겠다고 버티는 아이. 네가 뭘 잘못했는지 그래도 모르겠냐고 다그치는 아내와 나. 끝도 없는 되풀이 말놀음 같았다. 자꾸만 잠기는 목소리와 뿌예지는 머릿속과……. 그럼에도 눈앞에 엄연히 존재하는 작은 골칫덩이 애물단지. 끔찍한 형벌이라면 형벌이었다.

7

숙취 기운이라도 남은 듯 뒷머리가 묵지근한 아침이다. 늦은 밤 시간에 무리하게 언짢은 얘기를 주고받은 때문이다.

나는 머릿속 묵은 찌꺼를 털어내려 무거운 몸을 이끌고 사무실 뒤편 숲길로 걸어 들어갔다. 숲길은 건물들을 세우고 남은 자투리 땅을 사람들이 손길 안 주고 내버려두어 저절로 수풀이 우거지면서 숲이 된 곳이다. 오가는 발길들이 점점 늘어나 나무들 사이로 작은 오솔길이 생기기는 했지만 무슨 버젓한 산책로 행세를 할 만한 데는 아니다. 그래도 잠깐씩이나마 거닐 수 있는 그 작은 공간이 나에게는 은근한 위안이다.

달리 즐겨하는 운동이 없어 더욱 그랬다. 마음이 어지럽거나 뭔가 갈피가 안 잡힐 때면 나도 모르게 발걸음이 숲길로 접어들었다. 아침운동 삼아 가볍게 걷다가 돌아갈 때도 많지만.

아침이슬을 머금은 들국 몇 송이가 제 무게마저 버거운지 고개들을 기울이고 있다. 이제 곧 붉나무 백양나무 잎새들도 제각기 물들기 시작하겠지.

"고엽나무도 여기 어디 하나 있었는데……. 열매가 올해는 제대로 안 열렸나?"

나는 혼잣말을 하며 둘러보았다. 아침 숲길은 어쩐지 더 으슥하고 적막했다. 가끔 부지런한 몇몇 운동족들이 눈에 띄기는 해도 대개는 인적 없이 텅 비어 있던 그대로다. 잠시 동안이나마 숲길을 혼자 독차지한 과분한 느낌에 벅찬 마음이 들기도 했다.

"휴우우!"

나는 깊이 심호흡을 했다. 지난밤 민주 때문에 속 끓이고 밤잠을 설쳐서인지 가슴이 생각만큼 시원하게 다 씻기지는 않았다.

"어휴, 물러터진 자식. 누굴 닮아서……."

그다음은 생각하고 싶지도 않다. 무심코 입 밖으로 말을 흘리기는 했지만, 딸은 아빠를 닮는다지 않던가. 민주는 사실 내 판박이다. 자식은 부모가 숨길 수 없는 모든 단점들의 전시장 같은 존재라더니.

"정은 많아 가지고……."

이건 거의 나 자신을 위로하기 위한 자기 아부 멘트에 가깝다. 그래 봐야 아침 숲 맑은 공기 조금 흔들 뿐인 헛헛한 독백이지만.

어쨌든 이제 어서 하루 일과를 시작해야 한다. 나는 시계를 보며 한껏 기지개를 늘여 켜고는 숲길을 빠져나왔다.

주차장에 차를 세우고 사무실로 올라가려다 나는 문득 옆 건물을 올려다보았다. 정 대리네 회사인 피엘 로고가 아침 햇살을 받아 반짝거렸다. 소프트웨어 개발업체라는 건 알겠는데…….

피엘. 무슨 뜻이야? 이웃 회사에 입사한 인사를 하겠다고 맥주집으로 불러내 처음 제 명함을 내밀었을 때, 정 대리에게 내가 물었다.

"글쎄요. 저도 잘…… 창업자 이니셜 아닐까요? 아니면 회사에서 만드는 제품하고 관계 있는 단어 약자거나……."

하지만 얼마 지나 회사 내막을 알고 나서 녀석은 낄낄거리며 그 얘기를 다시 했다.

"피엘은 아무 뜻도 아니더라구요. 워낙 여러 차례 다른 회사들과 인수합병을 거치다 보니 이름이 그렇게 된 거래요. 물론 맨 처음에는 창업자 박 모 씨 이니셜이자 회사 이름 풍림의 영문 약자였다나요. 그러다가 풍림이 릴리닷컴에게 넘어가고, 릴리닷컴이 푸르네와 합병되고, 늘푸른으로 이름이 바뀌었다가, 그냥 피엘로 굳어졌는데요. 새로 선임된 대표이사 닉네임이 피에르였다고 하는 말도 있고, 그게 혹시 피에로는 아닌지…… 어쨌든 피엘은 이제 도무지 해독 불가능한 암호가 되어 버렸고요. 직원들 정체성도 딱 그만큼 모호하다니까요. 킥킥."

정 대리의 너스레에 나도 그만 따라 웃지 않을 수 없었다. 이름들에 무슨 대단한 의미가 있겠지, 그런 생각 자체가 부질없는 노릇이었다.

"하기야 뭐 정체성 모호한 게 어디 피엘 인간들뿐이겠어요? 거기에 비하면 선배님 〈아르고스〉는 정체성 그 자체죠, 뭐. 백 개의 눈을 가진 거인 괴물 아르고스라니, 그게 말하자면 이 시대의 지성들, 교양 시민들을 묶어 말하는 거 아니겠어요. 다중지성이여, 외면하지 말고 세상을 올바르게 보자, 하는…… 동양식으로는 천 개의 눈 같은 걸 테고."

"야, 야, 두 눈만 갖고도 봐 주기 힘든 세상이야. 뭘 백 개 천 개씩이나 찾고 그래. 그 아르고스도 지금 같으면 안 했어. 다른 이름 쓰지."

"에이. 왜 그러세요, 괜히. 그래 봐야 선배님은 실눈 뜨고라도 세상 못 본 척 못할 사람이에요."

글쎄. 정말 나 자신의 눈으로 세상을 보고 있기나 한 걸까. 내 정체성은 아르고스라고 과연 부끄럽지 않게 말할 수 있는 걸까. 나는 잠시 상념에 잠겼다.

아마 지금쯤 녀석은 히말라야 고산 마을 어디쯤에서 희멀겋게 웃고 있거나 안나푸르나 능선 줄기를 거친 숨 토해 가며 오르고 있겠지. 해발 몇 천 미터 지점 어디쯤에서 잠시 걸음을 멈춘 채 하얀 입김을 내뿜으며 먼 창공을 우러르고 있을까. 그 겉멋 잔뜩 부린 녀석 몸속 어디에 그런 높고 넓은 봉우리 하나가 터를 잡고 솟아 있었던 걸까. 무엇 때문에 거기 못 가면 죽을 거 같다고, 정말 가 보고 싶다고, 간절하게 바라게 되었을까.

나는 언젠가 정 대리가 맥주잔을 앞에 놓고 하던 얘기가 생각났다.

"선배님, 인도나 티벳의 남자들은요. 나이가 들면 가족을 떠나 수행자가 되어 살고 싶어 한대요. 그게 그쪽 남자들 최고의 노년기 꿈이라는 거죠. 아내들은 그런 남편을 기꺼이 떠나보내 주고요."

"넌 마흔도 안 됐으면서 뭘 벌써 노년 타령을 하냐? 책임지기 싫어 가족도 안 만들려고 하면서."

"아뇨. 그게 어떤 마음일까 궁금해서요. 저야 물론 결혼 생각이 없으니 잘 모르겠지만, 결혼한 남자가 늙어서 부인과 자식 곁을 떠나고 싶어 한다니까 말예요. 한평생 실컷 고생하며 벌어 먹이고 아옹다옹 싸우며 살았을 텐데, 그때부터라도 화목하게 같이 잘 늙어 가다 죽고 싶지 않을까, 그런 생각이 들 거 같거든요."

그때 나는 정 대리 얘기에 웃음을 터뜨렸다.

"야, 나는 그 남자들 심정 충분히 이해한다. 오죽 그 집에서 벗어나고 싶었으면 늙어서라도 자유를 찾자고 집을 떠나 수행자의 길을 가겠냐. 뭐, 또 그쪽 사람들이야 워낙 종교심이 강하니 그런 소망을 가질 수 있지."

정 대리는 즉시 눈을 가늘게 뜨며 짓궂게 물었다.

"그럼 선배님도 역시 그런 소망을 마음속에 품고 있다는?"
"야 인마. 여기는 인도나 티벳이 아니라 한국이다, 한국."

그리고 시시덕댔던 기억.

그런데 요즘 나는 수행자의 자유는커녕 몸도 마음도 오로지 집 둘레만을 맴돌며 빈 둥지 투정이나 하는 재미없는 아저씨가 되어 있을 뿐이다. 다른 식구들이 그 둥지를 어떻게 생각하든 말든.

그동안 나에게 집이 둥지였던 건 사실이다. 일 때문에 필자든 기자든 온갖 데에 전화를 하고, 인쇄소며 제작처며 서점들을 중간중간 들르고, 점심이든 저녁이든 대개 누군가를 만나고, 한두 번씩 강의에 몇몇 모임에, 짬짬이 기고 글에 쪽 글이라도 쉬지 않고 쓰고……. 그렇게 하루 시간을 다 쓰고 나면, 몸은 완전히 투항 직전의 장졸처럼 기진맥진해져서 오로지 집 생각밖에 안 남게 되는 것이다. 가는 길에 한 잔 걸칠 수 있다면 그나마 위안이 됐다. 그걸로 피로한 몸이며 머릿속 찌꺼기들을 씻어 내고 나면, 집은 그 자체로 고스란히 천 근 같은 몸을 받아 안아 눕혀 주는 어머니 손 같았다. 그리고 아내나 딸은 그 집 안에 당연히 포함된 어떤 내용물 같은 존재였다. 둘도 나름대로 바깥 삶이 있고, 서로 간섭하거나 불편을 끼칠 수 있고, 삐죽삐죽 튀어나오거나 부딪칠 수 있다는 생각은 별로 해 보지 않았다. 아니, 애초에 집의 내용물로 포함할 수 없는 존재라는 사실을 생각지 못했다. 어쩌면 인정하기가 싫었는지도 모른다.

나는 지금에서야 조금씩 느끼고 있는 것이다. 그 집은 나에게만이 아니라 아내나 딸에게도 엄연한 둥지라는 걸. 그리고 그 둥지를 어떻게 여기고 어떻게 나들든 내 생각을 강요할 수는 없다는 걸. 그리고 그조차 언제까지나 그대로가 아니다. 집도 가족도 변해 가고, 그대로 머물러 있지 않다. 요즘 아내가 걸핏하면 손 좀 보라고 불평하는 것처럼 꼭 맞던 문짝들이 헐거워지고, 뒤틀리거나 잘 안 맞게 되듯.

나는 도심 건물들 너머로 먼 하늘을 응시하며 혼잣말을 뇌었다.

"정성민. 네가 부럽다. 히말라야는 지금 어떠냐?"

8

쌈박 일은 꽤 진전이 되어 갔다. 멤버들 사이도 많이 가까워졌다. 내가 낯설게 여겼던 B급 정서나 키치 풍도 이젠 별로 대수롭지 않은 익숙한 화제들이 되어 갔다. 촬영을 바로 앞두고 연습은 거의 막바지 상태였다.

"이모, 아이스크림 좀 사 먹고 오면 안 돼?"

대사를 외우다 말고 재형이가 웅얼거렸다. 뭔가 잔뜩 속에 품고는 있는데 아직 갈피가 안 잡히는 아이 느낌. 나는 훗 웃음이 나려고 했다. 나도 저만 할 때가 있었나, 잠시 기억을 더듬었다. 지금 민주를 볼 때하고는 또 다른 느낌이었다.

"가자. 내가 쏘마."

"저도요!"

예린이다. 처음 보았을 때의 새치름하던 모습과 달리 자주 밝은 목소리로 재재거린다. 이런 아이가 어쩌자고 그 험난하다는 연예계 같은 데를 기웃거리게 된 걸까.

"어, 좋아. 물론이지."

"저도 당근 되죠?"

안지나다. 나는 잠자코 끄덕이고는 아이들 사이에 섞여 밖으로 나왔다. 뒤따라오던 안지나가 손가락을 탁 튕겼다.

"아, 좋은 생각이 났어요. 지금부터 우리가 진짜 가족처럼 행동해 보는 거예요. 한 식구처럼 아이스크림 가게에 가서 주문도 하고, 서로 이름도 그렇게 부르고요."

"우와! 재밌겠다."

"그래요. 그거 괜찮겠어요!"

아이들의 기꺼운 반응을 보면서 나도 좋은 생각 같다고 말을 보태 주었다. 좁은 엘리베이터를 타고 내려오며 우리 네 사람은 갑자기 생기가 돌아 떠들어 댔다. 그리고 아이스크림 가게로 보무도 당당하게 몰려갔다. 그런데 막상 가게에 들어가 점원 눈을 마주치고 나서부터는 모두가 버벅거리기 시작했다.

"뭐, 뭘 드실래요? 아, 아빠."

"어, 엄마는 ······요?"

아이스크림 진열대 유리에 달라붙다시피 얼굴을 들이대고는 재형이와 예린이가 웅얼거렸다.

"으응. 그, 그래. 애들아. 너희가 골라 봐."

점원이 계산을 뭐로 할 건지 물었다. 무심코 계산대로 다가갔던 안지나가 나를 돌아보며 더듬거렸다.

"아, 참. ……사기로 하셨죠. 저, 여기, 계산하래요."

아무 말 않기는 쉬웠다. 나는 얼굴이 벌게진 채 값을 치르고는, 건네주는 아이스크림을 얼른 받아 들었다.

우리는 모두 그렇게 조금씩 어색한 표정으로 아이스크림을 손에 든 채 거리로 나섰다. 걸음이 자연스레 근처 분수공원으로 이어졌다. 몇 발짝 걸어갔을까. 상가 앞길에서 갑자기 웬 젊은 남녀들이 우리를 잡아끌었다.

"저희 핸드폰 좀 보고 가세요! 이번에 특별할인 가격으로 저희가 가족 분들께만 혜택을 드리는 행사를 하고 있습니다. 아버님! 가족 분들 핸드폰 안 필요하세요?"

우리는 펄쩍 놀라 핸드폰 가판대와 판매원들에게서 얼른 떨어져 물러섰다. 눈이 허공에서 서로 마주쳤다. 웃음이 터지려고도 하고, 어이가 없기도 하고, 황당한 상황이었다. 아이들이 낄낄 웃어 댔다.

"하필 핸드폰이냐? 우리한테."

"가족이냐고 묻잖아. 우리가 그렇게 보이긴 하나 봐."

아이들 말대로 우리는 자연스런 한 가족 같았다. 굳이 아니라고 밝히지 않는 한 누구라도 그렇게 볼 거였다.

"그럼! 당연한 거 아냐? 가족처럼 안 보이면 우리가 캐스팅을 잘못 한 게 되는데."

안지나가 웃으며 가벼운 항의를 했다. 나도 입가에 빙그레 웃음이 떠올랐다. 이상하게 마음이 푸근했다. 지금껏 별로 느껴 본 적 없는 장난스러운 기분들. 아무래도 상관없을 것 같은 자유로운 분위기. 차고 부드러운 아이스크림. 반짝이는 거리 간판들, 차량 불빛들. 이해할 수 없는 기분이었지만, 왠지 익숙하고 안정감이 드는 게 사실이었다.

"아냐, 우리 아무래도 실수한 거 같아. 아까 그냥 도망 오는 게 아니었어. 모른 척 거기서 가족 연기 제대로 연습했어야 하는데. 으! 아깝다, 아까워."

안지나는 좋은 현장실습 기회를 활용 못한 팀장으로서의 자괴감에 시달리느라 사무실로 돌아오는 내내 스스로를 들볶아 댔다. 아이들 웃음소리가 건물 벽을 울리며 진공을 채웠다.

다시 한동안 연습이 이어졌다. 문득 안지나가 나직이 중얼거렸다.

"참 이상하죠. 아까 우리처럼 그렇게 같이 있으면, 사람들은 한결같이 묻거든요. 가족입니까? 하고. 그럴 때 만약 가족이 아니면 큰일이죠, 우리 사회에서는. 안 그래요?"

나는 굳이 대답할 필요가 없다고 생각했다.

"가족이기만 하면 되는 게 너무 많아요. 아까 그 핸드폰도 서비스, 요금 혜택, 가족에게만 적용해 준다잖아요. 어딜 가나 그런 식이죠. 가족이 아니거나 없는 사람들은 도무지 존재하지 않는 것처럼요."

나도 역시 그렇다고 생각했다. 그럭저럭 적당한 나이에 결혼해 가족을 이뤄 살아 온 터라 그런 생각을 해 볼 기회가 별로 없었을 뿐이다. 그런데 안지나와 정성민 같은 경우, 아무래도 결혼으로 꾸려진 가족 속에 살지 않아 그런지 그런 문제를 더 많이 실감하는 모양이었다.

"그나저나 이 광고, 정말 내보낼 거요?"

"그럼요. 우리 지금 무슨 학예회 연습하는 거 아니에요. 촬영만 마치면 바로 만들어 심의 넣고 방송 시간 잡을 거예요."

중간 휴식 시간이 다시 되자 나는 아버지 편 광고의 내 배역 의상인 군청색 점퍼와 야구 모자를 벗고, 탁자 위에 뭉쳐 있던 옷더미에서 반짝이 조끼와 카우보이모자를 집어 들어 걸치며 아이들 쪽을 돌아보았다.

"얘들아, 어때? 괜찮냐?"

재형이는 어설픈 내 모습에 웃음이 터져 탁자까지 마구 두드려댔다. 예린이는 도리어 진지해졌다.

"코지 아저씨 같아요."

"누구?"

예린이가 하는 말을 잘 못 알아듣고 내가 다시 물었다.

"〈쉘 위 댄스〉라는 영화 있잖아요. 거기 나오는 춤추는 아저씨."

포스터를 본 기억은 있다. 날마다 전철로 출퇴근하며 무미건조한 직장생활을 하다 춤을 배우면서 새 활기를 얻는 중년 남자 이야기. 춤이라는 거에 일단 거부감 내지는 주눅부터 드는 나이의 한국 남자여서인지 별로 공감이 가지는 않았던 편이다.

"그래, 맞아. 야쿠쇼 코지! 분위기 정말 비슷하네. 무지 어색하고 뻘쭘한 모습이신 게……."

안지나가 웃지도 않고 하는 말에 아이들은 다시 소란을 피워 댔다.

9

집은 한동안 소강상태를 유지했다. 아니, 내가 더는 불 꺼진 빈집에 집착하지 않게 되었다는 말이 더 정확하겠다. 누가 먼저 들어와 불을 켜든 불 밝힐 공간이 있고, 마저 들어올 누군가가 더 있다는 거에서 생각을 그치기로 했기 때문이다.

대신 틈나는 대로 연습에 조금 더 치중을 했다. 쌈박에서 받아온 광고안의 해당 장면도 머릿속에 자주 그려 보았다. 심야 고속

도로, 짐칸에 가득 실린 짐. 감기는 눈, 울리는 핸드폰. 아빠! 졸리시면 1번, 심심하면 2번, 쓸쓸하면 3번을 외쳐 주세요. 네, 오늘 아빠의 신청 곡은……. 그리고 갓길, 잠시 운전대를 놓고 딸이 전송해 준 흥겨운 노래에 맞춰 몸을 풀다가 웃음을 터뜨리는 남자.

출퇴근 길 운전대를 잡을 때마다 나는 환기하듯 그 상황을 다시 그려 보았다.

"밤길 고속도로를 오르내리며 물건을 실어 나르는 대형트럭 운전사라…… 누구한테나 자상하고 식구들한테는 더욱 잘하는, 하지만 이제는 기운도 약해지고 나이도 벌써 오십 줄을 바라보는, 삶이 버겁고 고달픈 아버지다 이거지? 그렇다면……."

촬영은 다행히 잘 끝났다.

똘배에게서 다시 연락이 온 건 그런 얼마 뒤다. 고향 동기 하나가 암으로 세상을 떴다는 소식이었다. 언젠가 통화를 한 적도 있는 친구다. 어떤 여당 정치인의 자서전을 대신 써 주기로 했다며 아르고스에서 출판이 가능한가 묻는 내용이었다. 나는 웃으며 곧장 말문을 돌렸다. 됨됨이가 별로라고 알고 있는 정치인이었다. "그런 책은 안 해." 하고 말하려다 애써 참았던 기억이 난다. 그 뒤로도 쭉 대필 작가로 생활해 온 것일까.

세상을 뜬 동기 얼굴을 떠올려 보았지만, 전혀 생각이 나지 않는다. 그렇게 실체는 지워지고 친구라는 지칭만 남은 관계가 얼마나 많은지.

장례식장이 너무 먼 지방인 데다 밤 안으로 바로 써서 넘겨야 하는 보도 자료가 있어 조의금만 대신 부탁하고, 다음 날 저녁 '한잔집'에서 똘배를 만났다. 똘배는 조문 온 고향 친구들 소식 한 보따리와 첫 결혼이 깨진 뒤 한참 만에 재혼해 늦게 얻은 고인의 어린 자식 얘기로 한참 정신을 빼놓고는, "우리 모두 아직은 더 기를 쓰고 살아야겠더라"로 결론을 맺었다. 나도 모르게 씁쓸한 웃음을 흘렸다.

"알아. 만만치가 않을 뿐이지. 마음대로 살아지지는 않는데, 그래도 똑바로 끝까지 가 보려고 무진 애를 쓰고 있으니까. 경기 끝을 알면서도 내려올 수 없는 게 지금 우리 나이 아니겠냐."

"끝이야 뭐가 중요해. 오늘 하루 하루 행복하면 돼."

그런 담찬 똘배 대꾸에야 나도 더 할 말이 없었다. 우리는 묵묵히 잔만 거푸 비워 댔다. 주점 안은 어느 새 비슷한 또래의 술꾼들이 그득 들어차 자욱한 담배 연기와 함께 북적이고 있었다.

"아직 이른 저녁인데도 여기 사람 많네."

"그러게. 우리같이 저문 청춘들 부담 없이 오기에 좋아 그런가. 하기야 나도 퇴근길 자동코스 수준이니. 그나저나 준석이는 여전히 열심히 하지? 우리 집은 드디어 사춘기 전쟁이 시작된 거 같다."

"흐흐, 그래? 민주 고놈, 순해서 사춘기 같은 거 안 할 줄 알았더니."

"그럴 리가 있겠냐. 저도 무릇 십오 세인데. 안 하면 그것도 걱정이지. 아무튼 우리는 안중에도 없고 그저 친구밖에 모르더라. 새 핸드폰이나 갖고 싶어져야 부모란 존재가 있었지, 싶을까."

"박동화 마음고생 좀 하겠네. 흐흐."

똘배는 담배를 쥔 엄지와 검지를 까딱이며 계속 실실거렸다.

"솔직히, 나도 갈팡질팡인 거 같아. 옛날 우리 아버지들처럼 큰소리나 치고 식구들 힘들게 하면서 살고 싶지는 않은데, 그렇다고 너는 너 인생 살아라, 나는 내 인생 살겠다, 이렇게도 잘 안돼. 너처럼 애한테 끔찍한 아비도 못 되고."

"준석 엄마 들으면 친구한테 뭔 사기를 치고 다녔냐 그러겠네. 큭. 그게 다 내 자뻑이지. 오죽 고달프고 공부 미련 많았으면, 학교 가는 자식 놈 등짝만 쳐다봐도 좋아 입을 못 다물겠냐."

나는 잠시 할 말이 없었다. 그래, 똘배 같은 아비들도 숱하게 있는 거다. '아버지'로서 충분히 행복한 남자. 나는 그에 비하면 '자기 자신'과 '아버지' 사이에서 아직도 이리저리 갈피를 못 잡고 있는 거 아닐까.

"어, 야. 나 요즘 이상한 짓 했다."

"뭔 소리야?"

"약간의 외도."

"너! 설마……. 제, 제수씨도 아냐?"

똘배는 단박 제 짐작대로 넘겨짚고 추궁부터 하려고 들었다. 나는 호기심과 걱정이 뒤범벅된 똘배 표정이 너무 우스워 그만 큰 소리로 웃음을 터뜨렸다.

"푸하하하! 임마, 엉뚱한 상상 하지 마. 후배 녀석 광고 기획하는 거래처에 어떻게 엮여서 가족 시리즈 광고물을 하나 같이 만들었다는 소리야. 아버지 역할로."

"그, 그럼 네가 직접 과, 광고에 나온단 말야?"

내가 한참 설명하고 온갖 자질구레한 궁금증에 답해 주고 나서야 똘배는 겨우 고개를 끄덕였다.

"야, 그래도 나라면 모를까. 네가 무슨 기름밥 먹는 운짱 아저씨냐? 안 어울리게."

"후후. 그건 그래. 너나 소개해 줄걸."

"지금이라도 늦지 않았다고, 다시 잘 생각하시라고들 해. 넌 책이나 잘 팔리는 걸로 좀 팍팍 만들어 내고."

나는 똘배의 훈수에 마냥 빙긋빙긋 웃으며 고개를 주억거렸다. 아무래도 좋다는 생각이 들었다. 어떤 결과이건, 똘배 말대로 이 경기의 끝이 어떻든, 그게 그렇게 중요한 건 아니라는 생각도 들었다. 지금 여기서 이렇게 친구 녀석하고 술잔이라도 기울일 수 있고, 자리에서 일어나면 돌아가 깃들 곳이 있고, 거기 함께 하는 아내와 딸이 있고, 다시 날이 밝으면 만들어야 할 책들과 온갖 세상 문제가 외면 못 할 고민거리로 기다리고 있고……. 그런 것만으로도 이미 많이 충분한 거 아닐까.

이리저리 부딪치기도 하고 엇갈리기도 하지만, 그래도 아주 나쁘지는 않다. 집 안팎 한 울타리 안에 피붙이로든 살붙이로든 정붙이로든, 같이 함께 있다는 것이 중요하다. 그런 날들도 이제 생각보다 그리 많이 남지는 않았으리라. 그조차 담담히 받아들여야 할 테지.

"근데, 재미는 있었냐? 그 일."

조금씩 재미가 붙어 갔었다. 나도 모르게. 나는 반박도 수긍도 않은 채 잠자코 고개만 끄덕였다. 어떤 기대도 없었지만, 생각지 않게 시작한 거였지만, 쌈박 일은 뜻밖에 가라앉아 있던 내 마음에 어떤 무언가를 불어넣어 주었다. 머리 모양도 옷차림도 이상하기 짝이 없는 늙다리 젊은이들, 모처럼 만에 들어보는 십대 아이들의 재재거림, 나와는 맞지 않는 어색한 옷들, 대사를 익히기 위해 지금의 나를 벗고 내려놓아야 하는 일……. 정성민처럼 먼 곳으로 떠나지는 못했지만, 그런 잠깐의 샛길 밟는 느낌도 괜찮았던 거 아닐까. 아, 그러고 보니 내일이 녀석 돌아오는 날이군. 이거, 되레 고맙다고 해야 하나?

나는 생각을 접으며 다른 얘기로 옮아갔다.

"아, 참. 너 문 좀 손 볼 줄 아냐? 집 문짝들이 틀어지고 헐거워졌다고 언제부터 그러는데, 내가 워낙 그런 걸 할 줄 몰라서."

"어, 그래? 그럼 지금 바로 가자. 당장 해치우게."

"야아, 지금이 몇 신데! 이웃집들 난리 난다. 오밤중에 욕먹을 일 있냐?"

"그런가? 그럼 이번 주말에 아예 준석 엄마랑 같이 갈게. 준석 엄마도 너네 한번 보고 싶다고 하니까."

후후. 보험 하는 똘배 아내. 생활력 강한 똘배 부부를 생각하자 입가에 웃음이 번졌다. 그래, 좋아. 와.

가족이라는 것도 낡은 집 같은 건지도 모르겠다. 오래 묵어서 편하긴 한데, 시간이 지나면 여기저기 닳아서 자꾸 탈이 나고 손을 보아야 하는 집 같은 존재들 말이다. 그래도 그렇게 자꾸 고치고 돌보면서 계속 살아가야 하겠지.

"생각해 보니까 우리 부부가 벌써 십칠 년이나 같이 살았더라. 이사야 몇 번 했지만, 한집 식구로 참 오래 살았지. 민주도 벌써 그만큼 컸고……. 그런데 누구하고라도 그렇게 오래 같이 살면, 그게 다 가족 아닌가? 꼭 혈연 관계가 아니더라도……."

"아, 또 진지해진다. 박동화. 그만 복잡하게 생각하고 집에나 가자. 준석이 뭐 먹고 싶어 한다고 상가에 좀 들렀다 오란다. 마누라 님께서. 웬일로 문자를 다 했나 했더니."

"어, 그래? 그럼 일어나야지. 아, 잠깐만. 나도 뭐가 와 있네. 이건……."

나는 핸드폰을 꺼내 같이 열어 보다가 책거미 민부장과 쌈박 안지나가 보낸 메시지들을 차례로 확인했다.

답 기다리고 있습니다. 다다북스에서 내일까지는 결론을 짓고 싶어 하네요. 민.

더 생각할 필요가 없었다. 나는 곧바로 답신을 보냈다.

제의 고맙지만, 내 책을 그냥 계속 만들고 싶군요. 그렇게 전해 주세요. 박동화.

다음은 안지나.

박 선생님. 기뻐해 주세요! 저희들 첫 편, 통과돼서 곧 방송 나갈 수 있을 거 같아요. 자세한 말씀은 내일.

한 시간 전에 보낸 메시지였다. 실감은 잘 나지 않았다. 잠시 마음이 출렁, 한 차례 솟구쳤다 내려오긴 했다. 그리고 조금 빙긋. 거기까지. 그걸로 충분했다. 의외로 기분이 담담했다. 분명한 어떤 결과를 위해서 보낸 시간들은 아니었기 때문일까.

"뭐야? 무슨 일 있어?"

똘배가 내 표정을 살피며 물었다.

"으응, 아까 얘기한 그 일. 내일 보자고……. 술 한 잔 해야 할 거 같네."

"뭐 보나마나 너 운짱 역 안 돼서 잘랐단 소리겠지. 샌님이 오죽하겠어. 그러니까 진작 나한테 넘기지 않고."

똘배는 제 마음대로 풀어 대며 끌끌 혀를 찼다. 나는 그냥 웃고 말았다.

"그래, 그런가 보다. 하여간 앞으로는 잘 명심하마. 후후."

나는 핸드폰을 열어 액정화면에 떠 있는 꼬마 민주 얼굴에 눈길을 한 번 더 주고는 닫아 주머니에 넣었다. 그 사진 넣어 주며 민주가 종알대던 생각이 난다. 그것도 벌써 한참 전 민주 입학 때 얘기다. 어느 시인은 그렇게 갑자기 자라 버린 딸 때문에 이런 날 혼자 주점에 앉아 있었다던가.*

자리를 털고 일어난 나는 똘배 어깨에 팔을 두르며 '한잔집' 문

---

* 황지우 시인의 시 〈어느 날 나는 흐린 주점에 앉아 있을 거다〉

을 나섰다.

"야, 너 내가 딸 있다고 엄청 부러워했지? 근데 그것도 다 아기 때 얘기더라. 이젠 애가 애 같지가 않아. 얼굴 한번 보기도 아주 가뭄에 콩 나기다. 내 핸드폰에 제 사진 넣어 준 것만 갖고도 얼마나 유세였는지 아냐."

"흐흐, 그럼 뭐 아닐 줄 알았어? 다 잠깐이지. 준석이 그놈도 여자 친구 생기는 순간, 난 딱 마음 접을 작정이야. 준석 엄마하고나 의리 있게 오래오래 잘 살아야지."

나는 똘배 등을 툭 쳐 주고는 큰길 앞에서 멈추어 섰다.

"그래. 잘 가라, 인마. 저기 택시 왔다."

똘배는 히죽히죽 웃으며 주말에 보자고 하고는, 택시를 타고서 손을 흔들며 떠났다. 다른 택시 하나가 곧 뒤따라 내 앞에 멈추어 섰다.

"손님, 어디 가실 겁니까?"

기사가 고개를 빼고 물었다. 나는 다가가려다 말고 머쓱하게 웃으며 손짓으로 택시를 그냥 떠나보냈다. 좀 걷고 싶었다. 오늘은. 몇 정거장쯤 혼자 좀.

밤바람이 땀 젖은 등을 시원하게 식혀 주었다. 나는 걸음을 떼려다 잠시 그 자리에 서서 방금 빠져나온 주점 골목들과 도로를 가득 메운 자동차들의 환한 불빛을 가만히 지켜보았다. 낮에는 전혀 다른 얼굴인 그저 밋밋하고 심심하고 볼 것 없는 도시의 흔한 동네 길목. 그런 곳에서 도심에서 밀려나온, 지쳐 나가떨어지기 직전인 후줄근한 아비들이 쳐진 어깨를 들썩이며 종일 눌러 놓았던 목청을 한껏 돋우고들 있다. 적당히 못난 서로의 얼굴을 마주 보면서 좋아라들 한다.

다시 골목 어딘가로 스며 들어가 조금쯤 더 머물다 가고 싶다는 생각을 잠시 했다. 하지만 지그시 마음을 잡아당겼다. 오늘은 이만. 아직 날들은 남아 있다. 내일만 해도 다시 저 자리에서 안지나와 쌈박 직원들의 턱없는 자화자찬과 끝없는 2차 토론을 한참 동안 빙긋거리며 듣고 있어야 하리라. 또 그다음 날쯤은 히말라야의 눈가루를 가득 묻혀 돌아온 정성민의 들뜬 목소리를 역시 밤 이슥하도록 듣고 있겠지.

인도 보도블록 위에 내 구두 발자국 소리가 뚜벅 뚜벅 여운을 남겼다. 긴 그림자가 앞서거니 뒤서거니 따라왔다. 오늘은 빈집에 내가 먼저 들어서게 될 거 같다. 아니 오늘도인가. 상관없다. 다만 누구든 먼저 환한 불을 켜 둘 뿐이다.

■ 작가의 말

"박동화 씨는 어떻게 생긴 사람이야?"

회의가 거듭된 뒤 아버지 박동화 씨 역인 나에게 중학생 재형 역을 맡은 김혜연 작가가 물었다. 내가 설정한 인물상을 좀 더 자세하게 알고 싶었던 모양이다. 글에서 서로 다 만나 엮이는 인물들이다 보니, 그게 혼란을 주어서는 안 되기 때문이다.

"평범해 보여. 키 크고 좀 마르고……."

그래 놓고는 성에 안 차 나중에 진행 방에 들어가 메모를 남겼다.

'백석의 사십 대로 (봐 주길) 부탁해.'

가장 좋아하는, 우리 언어의 보고를 남겨 준 백석 시인. 내가 그려야 할 인물이 모습만이라도 그렇게 비칠 수 있는 중년 아저씨였으면 했다. 댓·글·은·달·리·지·않·았·던·걸·로·기·억·한·다! 그야말로 나의 이상형은 턱없이 너무나 드높았

219

으므로…….

그래도, 안 될 건 또 무언가. 내 인물에게 그런 내면의 로망을 품고 있게 해 주고 싶다는데야. 비록 현실에서는 일상에 쫓기고 꿈도 낮아져 그저 한 사람의 지식 직업인으로 살아갈 뿐인 늙수그레한 아저씨일지라도.

이 글을 생각하고 쓰는 몇 달간 나는 엇비슷한 사람이 되어 살았다. 또 그 인물의 눈으로 주위 사람들을 보고 있었다. 좋아하는 친구 똘배. 미워할 수 없는 후배 정성민. 일욕심 가득한 직장여성 안지나. 같이 광고 일에 엮여 새삼 지켜보게 된 십대 딸 또래인 두 아이, 예린, 재형. 빈 둥지 증후군을 느끼게 하고 제각각의 목소리를 점점 내 가는 가족, 바깥사회 활동에 재미를 붙여 가는 아내와 친구 관계에 더 몰두하는 딸 민주. 글을 다 마쳐 놓고 보니, 온통 내 주위가 바로 그 인물들로 북적인다. 가까이에서 그렇게 다들 섞여 살고 있었으면서 미처 몰랐거나 잠시 잊고 있었다.

그런 주위의 박동화 씨와 똘배 씨 들에게서 여전히 소년인 어떤 모습들을 종종 발견한다. 나의 박동화 씨와 똘배 씨의 소년들도 그렇게 얼굴을 내밀더니 어느 틈엔가 내 손을 떠나 자기들끼리 신나게 떠들고 먹고 돌아다니고 있다. 나는 그걸 잠자코 바라보며 웃음 짓는다.

돌아보니 어렵고도 재미있던 과정이다. 가족 이야기. 서로를 간섭하고 속속들이 알고 (있다고 생각하고), 누군가가 늘 조금씩은 더 양보하고 배려함으로써 유지되는 가족이라는 애증 구조.

온갖 매체들, 특히 광고에서는 끊임없이 그런 가족의 모습을 따스하고 행복하게 그려 보여 주고 만들어 쏟아 내놓는다. 하지만, 가족이 어디 그렇기만 한가? 또, 좀 다르게 사는 가족은 없어? 그 가족 광고 속 배역들 한 사람 한 사람만 해도 각자의 가족 상황들은 또 얼마나 많이 다를까.

광고 속의 가족으로 만난 네 사람이 자신들 각각의 가족 이야기를 풀어내게 해 보자고 한 데는 그런 생각이 있었다. 그리고 우리는 다음 문제도 곧 해결할 수 있었다. 그런 가족 시리즈에서 무얼 광고하고 싶어 할까? 핸드폰은 당연하고도 중요한 품목 가운데 하나였다. 카피 문구도 그 즈음부터 자꾸 입 안에서 맴돌기 시작하던 말로 쉽게 정해졌다. 지금이야, 지금 해야 해. '지금 하세요.'

그런데 일은 정작 그때부터 제자리걸음이었다. 소중한 분들도 잃었다. 돌이키기 어려운 시간들이 속수무책 흘러가고 있었다. 나의 박동화 씨도 혼자 뻘쭘히 서성이고만 있었다. 사무실과 골목길을 오가며, 안지나의 득의만만한 성과보고 전화만을 막연히 기다렸고, 이모티콘 가득한 예린, 재형이의 문자 한 방 같은 걸 괜스레 기대했다.

다행히 시간은 조금 더 흘렀지만, 일은 다시 앞으로 나아가기 시작했다. 그리고 정말 어느 날 보니 옆에 안지나가 있고, 예린이와 재형이가 곁에 서 있었다.

괜찮은 가족이라는 게 대단한 무엇이라고 생각하지 않는다. 그렇게 서로를 믿어 주고 기다려 주고 무언가를 공유하며 마음을 나누는 관계들의 기본 바탕과 크게 다르지 않다고 본다.

그렇게 쓴 우리들의 이야기가 〈바람〉의 백 번째 책이 될 거라고 한다. 기쁘고 조심스럽다. 주위의 박동화 씨와 똘배 씨 들이 나에게야말로 "너가 무슨 아저씨 역이냐? 안 어울리게. 그런 건 나한테 넘기고 넌……." 하고 놀릴 거 같다. 재형이와 예린이 들도 한마디씩 할지 모른다. "아저씨 얘기를 왜 썼어요? 우리 얘기는 안 쓰고……." 하고. 그래도 풀죽지 않고 용기를 내, 표현 서툰 아버지들처럼 수줍게 마음을 담아 청소년 독자들에게 첫 글 인사를 보낸다.

또 인사 드릴 분이 있다. 지금 말해 드리지 않아 또 후회하기 전에. 아흔을 넘어서며 이제 조금씩 육신도 의식도 스러질 채비를 해 가는 할머니, 어린 나를 길러 준 할머니에게. 당신을 사랑한다고, 아주 많이 감사했다고. 부모란 근심하는 존재임을 앞서 보여주시는 아버지 어머니에게도. 언젠가는 우리들 또한 그렇게 등이며 어깨를 오롯이 다 내어준 채 마지막 버팀대가 되어 주어야 하는 때가 오리라. 머지않아.

나를 늘 용기백배하게 해 주는 두 아이, 소중한 사람들. 변함없는 원천임을 느낀다.

인연을 소중히 여기고, 좋은 글을 쓰는 시간의 길이를 가르쳐 주신 최윤정 선생님께 감사드린다. 이런 귀한 만남으로 즐거운 고통 함께 나눌 수 있었던 김해원, 김혜연, 임태희 세 분 작가에게도 많이 고맙다. 든든한 작가들로 우뚝 우뚝 서서 서로를 비춰 주고, 앞으로도 이 시대를 함께 고민해 나가고 싶다.

그동안 많은 땀과 품을 들여 백 개의 밝은 눈과 비늘 깃을 꿰어 달아 온 〈바람〉의 힘찬 비상을 기원한다.

임어진

늘어나는 가족 수에 놀라며 살고 있다. 열 살까지는 외동이었고, 할머니의 아홉 번째 자식이다시피 하다가, 형제가 셋으로 늘어나더니, 사촌이 스물한 명에 이르렀다. 그런데 사촌이 스물일곱 명인 사람과 가족이 되는 바람에, 언젠가는 짝까지 합쳐 사촌만도 거의 백 명에 가까워질 날이 올 거 같다. 세상에 좀 나중에 나왔으면 광고 카피라이터가 되고 싶어 했을 거다. 온갖 쓸데없는 일로 빛나는 시간들을 대부분 써 버렸지만, 뉘우치지 않고 있다. 그리고 지금은 작가이다.